講談社文庫

霊獣紀

蛟龍《こうりゅう》の書(上)

篠原悠希

講談社

◉目次

登場人物紹介

翠鱗《すいりん》
蛟《みずち》。一角の山で拾われた。
龍の仔かどうか
今のところ不明。
翡翠色の瞳と鱗を持つ。
七、八歳の子どもの姿に
変化できる。

一角《いっかく》／一角麒（炎駒《えんく》）
百数十年を生きた
神獣・赤麒麟。
赤金色の髪に琥珀色の瞳を持つ。
十八、九の人の姿に変化する。
人獣の死や流血が苦手。

苻堅《ふけん》（**文玉**《ぶんぎょく》）
氏族苻氏の少年。
三秦の若き龍驤《りゅうじょう》将軍。
「兼愛無私」「胡漢融和」の
理想を持つ。

朱厭《しゅえん》
猿に似た妖獣で
山神の使い。
人界における
一角の案内役。

苻法《ふほう》
苻堅の庶長兄。

苻生《ふせい》（**長生**《ちょうせい》）
淮南公。
苻堅の従兄。隻眼。

王猛《おうもう》（**景略**《けいりゃく》）
賢者。苻堅の王佐に。

イラスト：斎賀時人

後趙滅亡後の華北の分裂(352年)

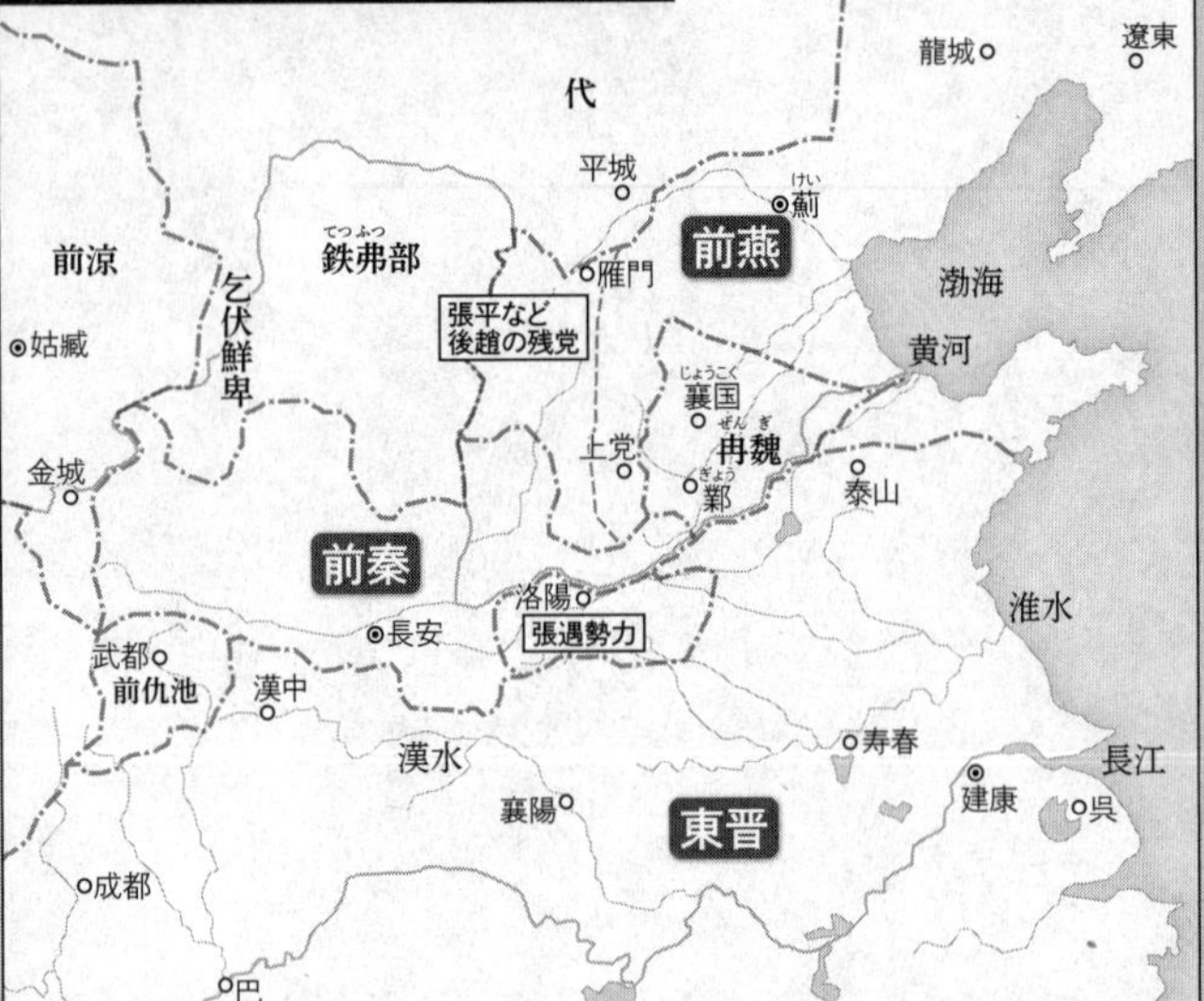

霊獣紀

蛟《こう》龍《りゅう》の書

上

第一章　青い蜥蜴《とかげ》

暗く涸《か》れた井戸の底から見上げる、四角く切り取られた青い空。手の届かない青い天井。それがその青蜥蜴の最初の記憶であった。

といっても、自分のいた場所が井戸であったとか、見上げた青い方形に空という名があると知ったのは、ずっと後のことだ。物心ついたころから何度も見上げてきた空も、つねに青いわけではなく、白や灰色であったり、その四角いところから水が滴となって降ってきたりすることがあった。

そこで過ごした年月の長さを、青蜥蜴は知らない。四角い区切《くぎり》から光の射《さ》し込《こ》む昼と、底まで闇に沈む夜を、幾度数えたかも知らなかった。数えるという概念すらなかった。

卵から孵《かえ》ったころは、蜥蜴の兄弟がたくさんいた。

湧き水が涸れて、人間から見捨てられた井戸の底と石積みの壁には、わずかに滲《にじ》み出《で》る地下水や、時に降り込む雨で苔《こけ》や草がたくさん生えていた。そのため、蜥蜴たちの餌になる昆虫や百足《むかで》、蜘蛛《くも》などはつねに豊富にあった。蜥蜴の兄弟はとくに争うこともなく、狭い井戸の中を我らが天地とばかりに共同支配した。

気がつけば、十数匹もいる兄弟よりも、青蜥蜴の体はひとまわり以上も大きくなっていた。そしてその胴体や尻尾は、翡翠《ひすい》の濃淡と金属的な艶《つや》を持つ鱗《うろこ》に覆われていた。いっぽう他の兄弟蜥蜴は、茶色や灰色の鱗に、地味な斑紋や縞柄《しまがら》であった。色の異なる大きな蜥蜴に捕食されることを怖《おそ》れてか、兄弟たちは青蜥蜴に近寄らなくなっていった。

青蜥蜴もまた、時とともに縮んでいく兄弟たちを、自分と同じ種族の生き物であるとは思えず、冷たい霙《みぞれ》や雨雪の吹き込む季節がきても、かれらと体を寄せ合って眠ることをしなくなった。

井戸の底に生を受けて、どれだけの時間が過ぎたことだろう。幾度か新しい卵が生まれては孵っても、青蜥蜴と同じ鱗を持ち、大きく成長する兄弟が生まれてくることはなかった。そして蜥蜴の群れは時に増えつつも、少しずつ数を減らしていった。

時に、壁を伝い登って外の世界へと飛びだそうとする勇敢な蜥蜴もいたのだが、井戸の縁に顔を出しただけで黒い影が飛来し、鉤爪《かぎづめ》に蜥蜴を捕らえて飛び去ってしまう。その黒い影の大きさは現れるたびにまちまちであったが、バサバサとした不吉な音と、巻き上がる埃《ほこり》は、つねに似たような恐慌を蜥蜴たちに引き起こした。

それでも勇気を奮い起こして、井戸の縁まで登っていく蜥蜴は定期的に現れる。運よく『外』をのぞき見て、井戸の底に生還することのできた蜥蜴たちも稀《まれ》にいた。そうした冒険者たちでさえ、『外』にあふれる光に驚き、わずかな物音に怯《おび》え、翼有る捕食者の襲来を怖れて、たちまち地の底へ戻るのが常であった。

地上のあまりの広さと乾いた空気、そして得体の知れない様々の臭いと吹き付ける冷たい風に驚かされ、井戸の中がいかに穏やかな安住の地であるかを思い知るのだ。

長い年月ののち、井戸の底がいよいよ涸れてきた。内壁に生えていた草は枯れ、苔は干からび始める。それでも底の方は充分な湿り気があったので、青蜥蜴と兄弟たちは下へ下へと餌場を求めた。餌の虫が減り、やがて小さく弱い兄弟から飢えて死に、その死骸を食べて生き延びようとした兄弟も数を減らしていった。

井戸の主として兄弟たちに仰ぎ見られていた青蜥蜴であったが、死にゆく兄弟の骸《むくろ》を食べなくても、命を繋《つな》ぐことができた。というのも、青蜥蜴はその体の大きさから、他の蜥蜴が手を出せないような大きな蚯蚓《みみず》や百足を捕らえてたらふく食べては、井戸の底の温かな泥の中に半身を浸すことで、ほとんどの時間を、眠って過ごすことができたからだ。

そしてある日、額《ひたい》に重苦しい痛みを感じて目を覚ますと、あたりはとても静かであった。体を覆っていた泥は、すっかり乾いていた。青蜥蜴が体を動かすと、乾いた泥が古い皮のように剝がれ、バラバラと周囲に舞い落ちる。井戸の底を這《は》い回《まわ》れば、踏みつけた白い骨が乾いた音を立ててパキパキと崩れた。

額にわだかまる鈍痛を払おうと、体をぶるぶると振って乾いた泥を落とした。すると、首から肩甲骨の間にかけて鋭い痛みが走った。その痛みはすぐに消えた。青蜥蜴は動きを止めて耳を澄ます。

昆虫の這い回る音、羽虫の音は聞こえる。だが、兄弟が井戸の底や壁を動き回る音は絶えていた。

――みんな、いなくなった――

泡のように浮かんできた思念に、青蜥蜴は少し驚く。

とりあえず、空腹を覚えた。虫や百足らが青蜥蜴の覚醒に怯えて、上へ上へと逃れていく気配を感じる。青蜥蜴はゆっくりと石壁を登っていった。円い石を積み上げた井戸の壁は、底に近い方は苔が湿っていて滑りやすく、上に登るにつれて、乾いた砂や泥が崩れやすくなっていた。

今日の空は、抜けるように青い。青蜥蜴は壁を登る前足を休めて耳を澄まし、においを嗅いだ。あの黒い翼ある影に飛びかかられたら、自分もさらわれてしまう。さらわれたらどうなるか、誰に教えられたわけでもないのだが、絶体絶命なのはわかっていた。さらわれていった兄弟が一匹も帰ってこなかったことからも、よからぬ運命が待ち構えていることは必定と思われた。

慎重に、慎重に、青蜥蜴は井戸の縁に鼻先を近づける。

外界のにおい。ひやりとした風。これまでも、青蜥蜴はときどき縁近くまで登ってくることはあった。だから、外界のにおいを知らないわけではない。

そのとき、井戸の外で物音がした。バサバサとした羽音ではなく、パキパキ、ガサガサと、大きな獣が地を歩き、草を踏み分ける音だ。

「今年も不作だったなぁ」

「旱魃《かんばつ》ってほどでもなかったが、充分な雨が降らなかったから、田圃《たんぼ》の半分はあきらめなきゃならんかったもんな」

「都が荒れてるせいで、あちこちで反乱が起きているっていうしなぁ。豊作なら豊作で、野盗や荒くれ兵士らに踏み散らされて、全部刈り取られていたかもしれん」

ざくざくと無遠慮な足音を響かせながら井戸の近くを通り過ぎる人影を追って、青蜥蜴はすばやく井戸の外へ出た。あの二本の後ろ足で立って歩く生き物が井戸の側《そば》にいるときは、鳥も獣も姿を見せないことを体験的に知っていたからだ。

外界の新鮮な空気が、一度に青蜥蜴の体を包み込む。

鱗の一枚一枚が立ち上がり、冷涼な風が柔らかな皮膚を撫《な》でてゆく。湿ってよどんだ空気に馴染《なじ》んでいた鼻腔《びこう》と肺が、地上のあらゆる香りに満たされて、青蜥蜴は生まれてこのかた味わったことのない興奮に震えた。

青蜥蜴は二本の足で通り過ぎてゆく生き物たちの後を追った。かれらが交互に発する音が、とても気になったからだ。井戸の兄弟たちとの間でも、喉から出す音や尻尾で地面や石を叩《たた》く音には意味があった。井戸の上から聞こえる鳥の鳴き声やさえずりもまた、寒暖のうつろいとあの黒い影の飛来、あるいは餌になる虫の増減に関係があった。

草の間をすり抜けて、人間たちの後をつけてゆく。なぜ自分がそうするのか、理由もわからずに耳に入る音に意識を集中する。それは、空腹であれば食べ物を口に入れて咀嚼《そしやく》し、喉が渇けば水を吸い上げ飲み干すのと同じ、生きるための本能的な行動であったかもしれない。

ふっと目の前で跳ねたバッタを素早く口で捕らえて呑《の》み込《こ》んでいるうちに、人間たちは追いつけないほどに遠ざかっていた。翼ある黒い影を警戒して深い草っ原の根元で眠り、明け方に草の葉から伝い落ちる露を飲む。

人間が通りかかるたびに、その後をついてかれらの話に聞き耳を立てる。古い大木の根元に居心地のよさそうな虚《うろ》を見つけて、そこを棲処《すみか》と定めてしばらく留《とど》まった。

虚のそばには、二本足の生き物が腰かけるのに、ちょうどいい高さと太さの木の根っこがあった。古木の枝葉は密に繁《しげ》り、夏は緑陰が涼しく、雨季は雨風を防ぐ避難所となり、冬は寒風と雪から通行人を守る休憩場所を提供していた。

大木の木陰には人間だけでなく、樹液や木屑《きくず》を求めて、青蜥蜴の餌となるものが集まってくる。

人間たちの話し声に耳を傾け、向こうからやってくる食べ物で腹を満たしては微睡《まどろ》み、時折思い出したように疼《うず》く額の痛みに悩まされ、寒くなれば半ば死んだように深い眠りに落ちる。そのような年月を過ごしているうちに、だんだんと虚が窮屈になってきた。地上で暮らしているうちに、季節の巡りに注意が向くようになっていたが、いくつの夏と冬を数えたのかはわからない。通り過ぎる人間たちについては、足繁く行き交う顔を覚えたころにはすでに老いて見分け難《にく》く、いつしか見失う。

額の鈍痛は日増しに重くなり、ときにまぶたを開けていられないほどの痛みを覚えた。首から背中への痛さ、あるいは凝《こ》りのような感覚も、いっこうに消えない。

虚の狭さに身動きができなくなる前に、青蜥蜴は外へ出ることにした。

もう少し広くて、適度に乾燥し、適度に湿った虚を探して移り住まなくてはならない。自らの体が草や枝葉の陰に隠されていることに気を配りながら、耳を澄まして周囲の気配を探り、とくに上空から襲いかかる翼ある影の羽音に注意を尖《とが》らせて、安住の木陰を後にした。

頭上の猛禽《もうきん》ばかりを気にしていた青蜥蜴は、地上にも捕食者がいることを失念していた。というより、知らなかった。

慎重に進めていた歩みがぴたりと止まる。動かなくなったのは四肢ではなく、尾のようだ。四肢をふんばっても、尾を地面から振り上げようとしても、ぴくともしない。

首をひねってうしろを見ると、毛深い獣が前足で青蜥蜴の尾を押さえつけていた。牙の生えた口をこちらに近づけてきたところを、青蜥蜴は身を沈めてかわし、垂直に飛び上がって獣の顎に頭突きを喰《く》らわせる。

獣は甲高い悲鳴を上げた。青蜥蜴の目の前に赤い飛沫《しぶき》が散り、獣は空気をびりびりと震わせるような咆哮《ほうこう》を上げて、たちまち逃げ去った。

頭突きをしただけで、獣の顎を裂くような傷を負わせた。青蜥蜴は己の強さに驚いた。天敵を撃退したことに安堵《あんど》した瞬間、黒く大きな影が頭上に舞い降り、青蜥蜴の胴を鋭い鉤爪に捕らえて空へと舞い上がった。

たちまち地上の何もかもが小さく、眼下に遠ざかっていく。ぶらぶらする四肢と尾の下には、体を支える地面はない。緑と茶色、そして起伏を繰り返す山と森、そして大量の水を集めて流れる太い筋がどんどん小さくなっていく。

青蜥蜴は息を呑んで地上を見渡し、どこまでも青い天穹《てんきゅう》を見上げる。

「おおおお」

喉の奥から、いままで発したことのない叫びがあふれた。猛禽の鉤爪がもたらすはずの痛みのためではなく、感嘆の声であった。初めて見る世界の広さに、青蜥蜴は捕らえられていることも忘れて前後左右を見回し、遠くの景色へと首を伸ばし、あるいは陽光に煌《きら》めく眼下の湖に目を瞠《みは》る。

青蜥蜴の鱗は亀の甲羅のごとく硬かった。獲物の肉を穿《うが》ち骨まで貫いて、その動きを封じるはずの猛禽の鉤爪でさえ、陽光を跳ね返す翡翠色の装甲を貫くことはできずにいた。

鉤爪の中でつるつるとした体をくねらせる獲物を落としそうになった猛禽は、鋭利な嘴《くちばし》で青蜥蜴の頭を突こうとする。尖った嘴が視界に迫り、青蜥蜴は本能的な恐怖に駆られた。

バチッと空気を裂くような音と、眉間を貫く激痛に目が眩《くら》んだ瞬間、青蜥蜴の体は解放された。真っ逆さまに落ちていく自覚もなく、息が詰まり薄れてゆく意識の中で地上の緑が急速に迫ってくる。

青蜥蜴自身、何が起きたのかわかっていなかった。そのため、自分を捕らえていた猛禽が、青蜥蜴を放した瞬間にきりもみしながら落下していき、森の上すれすれで息を吹き返して翼を広げ、ふたたび滑空してゆくのを見届けることはなかった。

第二章　炎駒《えんく》と蛟龍《こうりゅう》

パシッ、と森の大気が震えた。

「なんだろう」

木陰でくつろいでいた若い炎駒《えんく》は細長い顔を青い空に向けて、鼻をひくつかせた。ほのかにつんと酸っぱいようなにおいを嗅ぐ。落雷にともなう刺激臭に似ている。赤金色《あかがね》の鬣《たてがみ》がざわざわと逆立ち、パチパチと針の爆《は》ぜるに似た感触に、首の鱗がささくれ立つ。近くで雷が落ちたのかとも思ったが、雷鳴も聞かなかったし、稲妻も見なかった。そして空は雲ひとつない晴天だ。

頭上の梢《こずえ》をざわつかせて、大猿に似た赤毛の獣が枝の間から顔をのぞかせる。緊張しているのか、豹《ひょう》のようなまだら模様の尾をピンと立てている。

「おい一角麒《いっかくき》。空からなんか落ちてきたぞ」

一角麒は立ち上がって四肢を伸ばし、長い首をもたげて空を見上げた。

「やあ、朱厭《しゅえん》。ぼくも感じた。結界に綻びが入ったようだ。雷かと思ったけど、朱厭はその何かが落ちてくるのを見たのかい」

「俺は見てないが、青く光る物が落ちてきたのを見たやつがいる」

「見に行こう」

「あっちだ」

朱厭は東の方角を指さした。枝からひらりと飛び、一角麒の背に舞い降りる。長い脚を折りたたむようにして、一角麒の背に座り込み、脚と同じように長い腕を伸ばして、一角麒の鬣にしがみついた。

一角麒は急ぐわけでもなく、ぽくりぽくりと朱厭の示した方角へと進む。

「最近、姿を見なかったけど、山を下りていたのかい？」

一角麒はのんびりとした口調で朱厭に訊《たず》ねる。

「人界に、という意味では山は下りてない。華山《かざん》の先まで、人間に荒らされてないか境界を見回っていた。人界はまた荒れているようで、流民が山に逃げ込んで山賊化しているから、結界が荒らされているようなら、山神に報告しないといけない」

朱厭も暢気《のんき》に一角麒の鬣を長い指で梳《す》いて、汚れや枯れ葉を取り除く。

「青い何かが破ったのは、ぼくの山の結界のようだね」

一角麒はふすんと鼻を鳴らして言った。雷臭さが鼻腔をくすぐるのだ。朱厭の示した方向へ進むほどに、先ほど嗅いだ雷電の臭いが濃くなってくる。

「だから、注進に来たのさ。おまえの山になんか落ちたってな。一角麒はいつになったら山神の自覚が出てくるんだ?」

「あと百年はかかるかなぁ。ぼくよりずっと長く生きてきた朱厭に仕えてもらっている、というのも実感がわかない」

「俺も、おまえに仕えているって自覚はない。あと、おまえより先に死ぬからな。だいたいだな、一角麒の山は小さいし、力のある使い獣も、言葉を話せる妖獣もいないから、ついでに面倒を見ているだけだ。しかも、ちょくちょく出かけて留守にしちまうし。一角麒には、せっかく西王母《せいおうぼ》に任せられた山を守る気もないだろう?」

「ははは」

一角麒は乾いた笑い声を上げて、ゆっくりと進んだ。

「神獣に昇格して山を任されたら、もう人界のことは気にかけちゃいけないのかな」

一角麒は炎駒と呼ばれる赤い麒麟《きりん》だ。千年を生きた麒麟は天地を自在に行き来する霊獣となり、天界に住むことを許される。一角麒はまだ百数十年しか生きていない霊獣の仔《こ》であるため、地上に生きている。

「まあなぁ。天命をひとつ成し遂げて、一足跳びに神獣に昇格したのはいいけども、齢《よわい》と中身は瑞獣《ずいじゅう》にも及ばないお子さまのままだから、急に山神の自覚を持てってのは無理なこった。おまえは人界で果たした天命の行方が気にかかるんだろう？」

霊獣の仔とはいえ、霊格を得る前は並みの獣と変わらない。むしろ潜在的な霊力を狙う妖獣の餌食となってしまい、百年を超えて生き延びることは難しいという。

自分の他に霊獣の仔に出会ったことがない一角麒は、それが本当なのかどうか知らない。

三百年生きれば瑞獣、五百年を生きれば神獣となり、八百年で仙獣、そして千年を生き抜けば霊獣となると、育ててくれた山神の英招君《えいしょうくん》に教えられた。

霊獣の仔は、百年を生きたあたりで変化《へんげ》の術が使えるようになる。人の姿を取ることを学んだ一角麒は、その力を使って仙界の実力者、西王母から託された天命を以《もっ》て人界に干渉した。天命を遂行した一角麒は、瑞獣を飛び越して神獣の霊格を得たのち、ひとつの山を任されて今日にいたる。

朱厭は異形とされる妖獣であるが、霊獣の仔を捕食対象とは見做《みな》さない。物心つく前に山神に拾われて、使い獣として育てられ、言葉を交わす知性を養われたからであるという。人に変化する妖力も具《そな》え、天命を果たすために一角麒が人界に降りたときも付き添い、つかず離れず手助けをしてくれた。

朱厭は心配そうに額に皺《しわ》を寄せた。

「世龍《せりゅう》が死んでから、まだそんなに経《た》ってないから、下界が気になっちまうのは、わからんでもないが」

朱厭は少し前に崩御した、趙《ちょう》国の初代皇帝の名を口にした。

「それもあるけど、自分の判断が本当に正しかったのかどうか、確信が持てないんだよ。世龍が西趙の皇帝劉曜《りゅうよう》を斃《たお》して洛陽《らくよう》を取った瞬間、それまでに感じたことのない霊力が体に満ちた。だから、ぼくに課された天命は、あの瞬間に果たされたのだと思って世龍のもとを去ったんだけど……いま思うと早とちりじゃなかったのかな、世龍がこの世を去る日までそばにいるべきだったのかな、とか考えてしまう」

「さあなぁ。霊格が一瞬にして格段に上がったときの感じを俺は知らないから、おまえが正しかったかどうかなんて、わからん」

一角麒はかつて、中原《ちゅうげん》を支配するであろう聖王の守護を天命として西王母から授かった。

そのころは漢族の司馬《しば》氏を皇統とする晋《しん》が中原を支配していたが、皇族同士が争う八王の乱によって衰退しつつあった。その晋の崩壊を後押ししたのが、後漢の終わりから河北《かほく》地帯に南下し、移住してきた北方遊牧民族の匈奴《きょうど》や鮮卑《せんぴ》であった。

統一王朝の晋が滅び、中原が乱世へと突入していったまさにその時代、一角麒は天命を負って人界に降りた。そして匈奴の一派である羯族《けつぞく》の小帥石勒《しょうすいせきろく》――字《あざな》は世龍――に出会った。

聖王のしるしを石勒に見いだした一角麒は、その後三十余年を石勒の守護獣として費やし、新たな国を建てるという覇業を見守った。

匈奴劉《りゅう》氏の建てた西の趙を、石勒の築いた東の趙が倒し、華北《かほく》が統一されたのを見届けて、一角麒は石勒のもとを去った。その後も、石勒は漢人と胡人《こじん》が共存する国を創り、ついに帝位についた。

「だけど、世龍が世を去ってすぐに」

一角麒はぐるっと首をめぐらせて、朱厭へと顔を向けた。

「季龍《きりゅう》は自分が実権を手に入れるために、世龍の世継ぎを殺してしまった」

苦々しげに石勒の甥《おい》、石虎《せきこ》の字を口にする。

「その年の内に、創業以来の旧臣を朝廷から追い出し、皇太后のナランを誅殺《ちゅうさつ》し、世龍の子どもたちを皆殺しにしてしまった。親族同士で権力を争って国を滅ぼした晋の皇族と、同じことを始めたんだ。ぼくは、ずっと幼いときから季龍の残忍さや野心を知っていたのに、季龍の凶行を止めるために何もしなかった」

後悔を込めた一角麒のつぶやきに、朱厭がかぶりを振る。

「一角麒の天命は、聖王の資質を持つ者が、志半ばで死んじまわないように守護することだった。人間の政治に首を突っ込んで、人界の成り行きに干渉することじゃない。おまえの仕事は世龍が天下を取ったときに終わったんだ。その後の人間どもがどう世を治めるかは、おまえの知ったこっちゃない」

「でも、世龍の築いた融和の礎が、季龍が好き勝手に国を支配するために壊されていくのを見ていたら、世龍が天下を取るのを助けたぼくの働きって、なんのためだったのかなぁって、ずっとそのことばかり考えてしまうんだ」

「その残忍な季龍が権力を手に入れてから、趙はさらに領土を広げて国を大きくしていったんだから、天の意思は果たされたんじゃないのか」

朱厭の言葉は事実であった。石勒が建てた趙の国は、石虎の時代にその全盛期を迎えていた。

「でも、季龍は世龍が目指していた漢胡の融和や、流民や窮民の救済にまったく興味がない。ただ戦争をして領土を広げ、軍事力を笠《かさ》に着た権力と掠奪《りゃくだつ》で掻《か》き集《あつ》めた富に埋もれて、悦に入っているだけだ。季龍だって、幼いときに飢饉《ききん》で村を逃げ出して山野をさまよい、奴隷に落とされたつらさを知っていたはずなのに、世龍の子を殺して皇帝の座を手に入れたあとは、救荒対策どころか、貧しくて餓《う》えている人々を助けようともしない」

ふたたび前を向いて歩き始めた一角麒の、赤金色《あかがね》の鬣をいくつかの房に分けて何本かに編み分けながら、朱厭は興味なげに応じる。

「一角麒は季龍の治世が気になるから、ちょくちょく山を降りて人界を歩き回っているってわけか」

一角麒は朱厭の問いに応えず脚を速めた。急に強くなった刺すような臭気と焦げ臭い風、そして目前に現れた惨状に気を取られたからだ。

木立の間に、折れた枝が幾重にも積み重なって、煙を上げているのが視界に入る。ちらと上を見ると、松の枝が何本も折れていた。ということは、地面に重なった枝葉の小山は、空から落ちてきた青い何かにへし折られたのだろう。

「松の枝は燻《いぶ》されているだけで、火は燃えてない。枝葉の水分が多くて、発火しなかったようだね」

一角麒は鼻をぶるぶると鳴らして、鳥の巣のように重なり合った枝の小山に近づいた。その小山の中央にできた窪《くぼ》みから、ぶすぶすと煙が上っていた。中をのぞき込むと、金属的な艶を帯びた青い鱗に覆われた生き物が、仰向けに伸びている。

「蜥蜴？　にしては大きいね。翡翠の置物みたいだ。こんなきれいな蜥蜴は見たことがない。額に角みたいなのがあるし、蛟《みずち》というやつかな。胸が上下しているから、気を失っているだけだね。朱厭、ちょっと降りてくれる？　前足が蹄《ひづめ》だと運べない」

朱厭がとん、と地面に飛び降りるのと同時に、一角麒は人の姿に変じた。

人間の着る、袷《あわせ》の上衣と脚衣に分かれた胡服を身にまとい、鬣と同じ赤金色の髪を背中まで流した、人の齢としては十八、九の青年の姿だ。額にはその名のもとになっている一本の角が、麒麟体であったときよりは短くなって残っている。それ以外はいたってふつうの人間に見えた。

一角はそっと両手を伸ばして、青い蜥蜴、あるいは蛟と思われる生き物を抱き上げた。触れたときにピリッとした刺激を指先に感じたが、すぐに消えた。生木を燻《くすぶ》らせたわりに、本体の鱗はひんやりとしている。

一角はにこやかに朱厭に話しかけた。

「この青い蜥蜴が蛟なら、龍の仔かもしれない。育ててみようか」

朱厭は首を振りながら、一角の腕の中をのぞき込む。

「麒麟が龍を育てるのか。面白いことになりそうだな。そいつが、本当に幼龍の蛟ならばだけど。そいつの正体がなんであろうと、英招君には知らせておいた方がいい。龍の仔ならともかく、龍ならざる何かの妖獣だったら、一角が囓《かじ》り殺されるぞ」

「朱厭の言うとおりだ。槐江山《かいこうさん》の英招君に使いを頼んでもいいかい？　ぼくはこの仔の正気が戻るまで、そばについているから」

自分以外の霊獣に出会う機会は滅多にない。ましてや霊獣の幼体らしき生き物を見つけたのもこれが初めてだ。

この出会いに何か意味があるのかと、一角の胸は高鳴る。ただ、朱厭が警告した通り、妖蛇の類いや未知の蜥蜴である可能性は捨てきれない。英招君に見てもらえば、この珍しい蜥蜴の正体もわかることだろう。

一角はわくわくしながら深山のねぐらへと、青蜥蜴を運んだ。


青蜥蜴が意識を取り戻したのは、薄暗い洞窟の奥に敷き詰められた枯れ草の寝床であった。適度に乾燥していて、それでいて適度な湿度の保たれた、薄暗い空間だ。柔らかな明かりがどこから射し込むのかは、青蜥蜴の視界には入らない。上を向けば高い岩天井。井戸に棲《す》んでいたときのような四角い空は見当たらない。

「おや、目を覚ましたかな」

横斜め上から降ってきた声に、青蜥蜴はビクッと飛び上がった。そちらを見上げると、二本脚で歩き、複雑な鳴き声でさえずるあの生き物が、自分の顔をのぞきこんでいる。頭から生えているのは、見慣れた黒髪ではなく、派手な赤金色の髪ではあったが、顔の作りは人間と同じであった。

——食べられてしまうのか——

青蜥蜴の脳に、最初に浮かんだ思念はそれであった。

一角は豊かな赤金色の髪を揺らしながら、笑いかけた。

「ぼくは肉は食べないから、警戒しなくていい。君は空から落ちてきたようだけど、その前はどこから来たんだい？」

一角の問いに、青蜥蜴はここにいたるまでの記憶を呼び起こす。

——森にいたら、毛深い獣に襲われた。それから逃れたら、翼ある影に捕まって、空の上から落ちた。森の前は、じめついた井戸の底にいた。ずっと前は、小さな兄弟がたくさんいたけど、だれもいなくなったから、井戸から出てきた——

井戸の底にいたときの記憶や、初めて井戸から外に出たときの情景が脳裏に蘇《よみがえ》る。

「つまり、どこかにある涸れ井戸の底で生まれ育って、大きくなったから井戸を出て森で暮らしていた。そこへ猫か犬か鼬《いたち》に追われ、そのあと鷹《たか》か鷲《わし》に捕らわれたけど、ぼくの山の上空まで飛んできたところで、なんとか猛禽の鉤爪から逃れられたってことだね」

あたかも言葉にして会話が為されたかのように、一角は満足げにうなずく。一角によって言語化された自分の思念を耳にした青蜥蜴は、額に一対の小さな角のある、二辺の長い三角形の頭を上下に揺らした。

「すごいな。この蜥蜴は人語を解するぞ。やっぱり蛟かな」

いきなり朱厭の太い声が横から話しかけたので、青蜥蜴は驚いて横に飛んだ。青蜥蜴は大げさに首を上下に動かし、人間に似た二足の毛深い生き物を観察する。

「朱厭、もう帰ってきたのか。英招君は会ってくださるって？」

「ああ、すぐに連れてこいってさ」

朱厭はしゃがみこんで青蜥蜴をのぞき込む。青蜥蜴はのけぞるようにして朱厭を見つめ返した。

「こいつは賢そうだ。人語はしゃべれるか」

青蜥蜴は口をパクパクさせたが、言葉はおろか、音らしい音もでない。

「朱厭、いくら龍の幼体でも、人の姿に変化しなくては人語は話せないよ」

「おれは人間に化けなくても人語を話せるぞ」

朱厭は牙を剥《む》いて笑う。

「朱厭はもともと人に似た妖獣だからだよ。人面獣身の神獣が人語を話せるのと同じ理屈だ。ぼくだって麒麟体のときは、人語を正しく発声できている自信はない」

そもそも人間の前で麒麟体を取ることがなく、人語を話す相手は山神以上の霊格を持つ神獣や霊獣ばかりだ。心話で意志を通じているのか、音声化された言語を使っているのかも明確ではない。

意思が通じ、会話が成立しているので、なんの不自由もなかった。

とりあえず、森で拾ってきた龍の仔らしき生き物は、言葉にして出された問いに対し、明確な思考を組み立て、同じように言語化された思念を返すことができるらしい。

「君とぼくはそれほど遠くない親戚だよ。鷹に狙われずにすむほど大きくなるまで、ぼくの山で暮らすといい。ぼくは赤麒麟の炎駒。一角麒の名で呼ばれている。君には名前はある？」

青蜥蜴は首をひねった。自分に名前はあっただろうかと、考え込む。

「まだ誰も君に名をつけてないのなら、ぼくがつけていい？　瞳と鱗の色が碧玉《へきぎょく》か翡翠のようにきれいだから、どちらかの一文字を取って、『碧鱗《へきりん》』とか『翠鱗《すいりん》』はどうだろう？」

それまで自分のことを青くて大きな蜥蜴だと思っていた蛟は、首をひねって自分の体を見た。金属の光沢を持つ翡翠色の鱗に覆われた体は確かに美しい。鱗の流れに沿った濃淡が、水面《みなも》のさざ波のようだ。音の滑らかさから『翠鱗がいい』と青い蛟は思った。

「じゃあ、『翠鱗』にしよう」

と、一角は翠鱗へと片手を差しのべた。その手をどうしたらいいのか判断に困った翠鱗は、前に出て一角の掌《てのひら》に乗り、腕を伝って肩まで登っていった。

翠鱗が一角の頭に辿り着き、赤金色の髪に小さな爪のついた前足を絡ませる。同時に赤と金と夕陽《ゆうひ》のような橙色《だいだいいろ》の明かりが洞窟を満たした。次の瞬間、翠鱗は馬にも似た、しかし額の中央に長い角のある獣の首に、ぶらさがるようにしてつかまっていた。体軀《たいく》は赤銅色に煌めく鱗に覆われている。翠鱗はぐるぐると首の回る限り周囲を見回して現状を把握しようとした。前足はいまも赤金色の髪、というよりも鬣を三本の爪で握りしめている。

朱厭が一角麒の背に飛び乗って、ずりおちそうになっている翠鱗の体勢を直してやりつつ、翠鱗に話しかける。

「まずは、槐江山の山神、英招君に目通りをしにいくんだよ。新入りの霊獣っ仔、蛟の翠鱗としてな。おれたちゃ、蛟だの龍の仔だのの育て方については、まったくもって詳しくないんでな、山神様たちを集めての評定が始まるぞ」

翠鱗はずるずると一角麒の首から肩へとずり下り、朱厭の股の間におさまった。

何が起きているのか、若い蛟の頭ではいまひとつ理解が追いつけていない。だが、涸れ井戸の中にいた無数の兄弟姉妹よりも、明確に意思の疎通が図れる生き物に出会ったことは直感で悟った。

人間の形から炎駒へと変化する、この赤い獣が自分にくれた翠鱗という名前も、とてもよい響きだ。

一角麒が洞窟から出ると、そこは深い谷を見おろす断崖絶壁であった。

ここからどこへ行くのかと、谷底から吹き上げる風に翠鱗が目を細める。

一角麒は四足の蹄を同時に蹴って、中空へと駆け出した。あたかも蹄の下に堅固な大地があるかのように、空中を走り始める。

長い長い地の底で過ごした年月のあとに、立て続けに空を飛んでいる不思議。

唐突に、自分もいつか自らの力で空を翔《か》ることができる日が来ると、翠鱗ははっきりと悟った。

槐江山では、英招君や他の山神たちに囲まれて怖い思いをした。山の知恵者たちの心話による様々な意見の洪水に、翠鱗の脳は焼き切れそうになった。かれらは翠鱗の爪が三本しかないことから、霊獣であると断言することはできないと言った。一生、蛟のままであるかもしれない、と言った山神もいた。

麒麟や鳳凰《ほうおう》と異なり、龍には眷属《けんぞく》が多く、龍に似た妖獣の種類は少なくない。個体をひとつ見て龍種であるとは決められず、長く生きて蓄えた霊力によってしか、最終的に何ものに成り得るかは予言も断言もできないと、英招君は結論づけた。

槐江山で洪水のように浴びせられた『言葉』や『知識』を翠鱗が整理するのに、それからまたしばらくの時間が必要であった。

地下で過ごした歳月も、地上の木の虚《うろ》に隠れ住んだ時の長さも、翠鱗は答えを知らない。そもそも、時の流れという観念すら、一角麒のもとに落ち着くまで持ち合わせなかったのだ。

それが、一角麒の山に落ち着いてからは、地の底や虚に潜み、捕食者を避けて眠り続けていたかのような時間が、一気に流れ始めた。山を囲む世界のあらゆる現象が、翠鱗の心身に注ぎ込《そそこ》まれ、言葉に置き換えられてゆく。

まず、穏やかに過ぎてゆく季節を明確に意識するようになった。一角麒の背に乗って山を見回り、そこに棲む鳥獣の種類と名を知り、春と秋とその間の寒暑に応じて色づいては落葉する木々、芽吹いては咲き、実りの次は枯れる果樹と草花の名前を覚える。そして年間を通して変わることのない常緑樹。

頭上を流れる雲には、その形によってそれぞれ名前があると知った。

一角麒は、少しずつ時間をかけて、山の在り方と天地の理《ことわり》を翠鱗に教える。人間や鳥獣は、生まれて数年から数十年という寿命を得て老い、そして死ぬものであるが、稀にどの種類の生き物とも判じ難く、長寿な獣が生まれてくる。それらの獣は百年を過ぎるころには霊力を蓄え、個体差はありつつも変化《へんげ》、飛行といった能力を身につける。

一角麒は麒麟の特徴を具えていたことから、養い親の英招君がかれを赤麒麟の炎駒と判じてそのように育てた。翠鱗は蛟の特徴をそなえているので、長い時の果てに龍となって天に昇る霊獣の仔である可能性は高い。

翠鱗の脳裏に、深い井戸の底で、卵から孵っては成長し、瞬く間に老いて死ぬことを繰り返していた兄弟姉妹たちの姿が浮かぶ。そして、かれらの色や姿が、自分とは異なっていたことも、はっきりと覚えていた。かれらは欠伸《あくび》した翠鱗の口にすっぽりおさまるほど小さく、地上に出るまでの翠鱗は、自分をとても大きな蜥蜴であると思い込んでいたことも。

井戸を出ようとしたときに明確な目的があったわけではなかったが、自分と同じ姿形をした蜥蜴を見つけたい、という思いを抱えていたような気も、いまさらではあるがしてくる。

一角麒の話は続く。

通常の獣より長寿な生き物にも、種類はあること。

霊獣の特徴に当てはまらず、百年を超える寿命を保ち、ある程度の霊力を備える鳥獣を妖獣と称する。心身に超常的な力を持つ猛獣に過ぎないものから、朱厭のように人語を操る獣。さらに、天と地の叡智《えいち》を蓄え、ついに山の神に列せられるまでの霊力を具えるさまざまな異形の獣。

そして、妖獣よりもさらに稀少《きしょう》な存在である霊獣。百年を生きてなお心身ともに幼く、三百年を過ぎて瑞獣とし、成熟して天地の事象にかかわる神獣となるには五百年を要する。八百年を生きて仙界入りを許され仙獣になり、千年を経て天界と地上を自在に行き来する力をもつ霊獣となる。

──霊獣は空を飛べる？　いつから？──

翠鱗がとっさに思いついた疑問に、一角麒は苦笑する。一角麒自身が霊獣の仔と教えられてから、ずっと知りたかったことと、同じ問いであったからだ。

「神獣になれば、飛べる」

──神獣に五百年？　自分はあとどのくらい？──

「君の歳《とし》を知らないから、なんとも言えないね。百歳になるころには、変化できるだけの霊力がつくというのが、ひとつの目安だけど。ぼくも、百歳祭の少し前に、人の姿に変じることを学んだ。完璧ではなかったけど。いまでも、角を隠すのが苦手だ」

一角麒は自分の角を指して苦笑する。

──空を飛べる一角麒は、五百年を生きた神獣ということ？──

思念を思考として論理立て、言葉を組み立てることができるようになると、翠鱗の頭の中は疑問と質問であふれかえる。

「実は、二百年も生きてないけどね」

一角麒は恥ずかしそうに語尾を濁す。

──でも、一角麒は空を飛べる。さっきの説明と喰い違う。一角麒はどうやって神獣になれた？──

心話での会話は、思念が双方にぐいぐいと心にねじり込まれてくるので、適当にごまかすことができない。この話はまだ早いと思っていたのだが、一角麒は翠鱗の好奇心の強さに根負けした。

「人に変化できる霊力が具われば、人界に降りて天から授かった仕事を成し遂げることで、一足跳びに神獣に昇格する道があるんだよ。だけど危険だし、必ずしも成功するとは限らないから、おとなしく五百年を生きるのが楽だったなと、いまでは思う」

――でも、空を飛べる！　翠鱗も、仕事したい――

翠鱗は興奮で頭を上下させて熱心に同じ言葉を繰り返した。

「それについては、人間に変化ができるようになってから、考えよう。単に人界に降りるだけじゃなくて、人の道を通って、天命を授けてくださる西王母の山を目指す旅から始めないといけない。そしてその試練も簡単ではないんだ」

翠鱗は話の後半を聞き流しながら、一角麒が人間に変化した様を思い出す。まったく別の生き物の形に体を変えるなど、どうしたらできるのか。

――体の色を変えることはできてた。隠れる場所がないときは、木や地面と同じ色になって、襲ってくる獣から見えないように。鼻の利く獣だと無理だけど――

井戸から地上に出て、しばらくしたころからだと翠鱗は語る。捕食しようと目をつけた昆虫や小動物が、一瞬で姿を消してしまう不思議のからくりに気づいて以来、自然と自分もまた同じことができるようになっていたことも。

「そりゃ、変化じゃなくて、擬態だ。表面の色味が変わっただけで、おまえ自身は鱗一枚別物に変化したわけじゃない」

背後から笑い飛ばす声がしてふり返る。朱厭が歯茎までむき出して笑っていた。

「そこらへんの虫にもできることだからなぁ。霊力なんぞいらんだろ」

翠鱗は自分の無能さにがっかりして、一角麒の鬣に鼻先を埋《うず》めた。

霊獣にしろ、妖獣にしろ、いつどのようにして生じるものなのか、自分たちをこの地上に産み落とした親がいたのか。それについては、よくわからないと一角麒は説明した。

一角麒自身もまた、産みの親はもちろんのこと、同じ姿の眷属を見たことがなく、物心ついたときには山神の英招君の養い仔となっていたからだ。

これまでのことを翠鱗は思い返そうとする。最も古い記憶は、白い卵の殻を食べている自分と、ひとまわり小さな兄弟姉妹だ。その当時は、自分の鱗の色が他の兄弟と違っていたかどうか定かではない。ただ、当時から兄弟に怖れられ、避けられていたような覚えはある。ということは、自分はふつうの蜥蜴が産み落とした卵から孵った、異形の獣ということになるのか。

朱厭がからかい気味に笑う。

「翠鱗が霊獣の仔なのか、それともなり損ないの龍なのかは、もう百年経ってみないとわからんてことか」

翠鱗は顎を上げて、あまり親切とは思えない発言をする朱厭を見つめた。

いくつかの山の神に仕えて忙しいはずの朱厭だが、一角麒が翠鱗を保護してからは毎日のように一角麒の洞穴を訪れる。翠鱗が実は危険な妖獣ではないかと警戒しているのかもしれない。

一角麒の山では、翠鱗は捕食される心配なく森の中を歩き回り、世界についてより深く学ぶことができた。一角麒と朱厭、時に訪れる他所の山神とその使い獣とも、筋道立った思考を言葉にして意思の疎通をすることを覚えた。

心話や言葉によって異種の獣と意思を交わせる能力は、霊格を具えた獣が持つ素質のひとつだ。だが、朱厭は「言葉なら、少し知能のある妖獣でも使いこなす」と、翠鱗の正体と可能性に対して大いに疑問を抱いているらしい。

知恵と霊力を蓄え、神性を帯びて山神となる妖獣も稀にいる。そのため、地上に生きる妖獣、神獣、霊獣の区分と線引きは非常に曖昧だ。共通することは、どこからどのようにして生まれてきたかが不明で、通常の獣にはない突出した能力を持ち、非常に長寿であるということだ。歳を重ねるほどに賢くなり、心話や言語によって、異種の獣や人間と意思の疎通を図ることができ、ついには己の姿を別の生き物――往々にして人間であることが多い――に変えることも可能になる。

　翠鱗の可能性と潜在的な能力について、一角麒はある提案をした。

「擬態で姿を隠すことができるなら、結界を出ても身を守ることはできるだろう。人界に降りて、変化の修業を始めてみるのもいいかもしれない」

　翠鱗の齢《よわい》がわからないのだから、生来具わっているであろう能力と、歳を重ねることで増えていく霊力で測るしかないだろうというのが、一角麒の考えであった。

「人間に変化するには、人間を観察しないといけない。人間は山の結界内には入れないから、人里まで降りてみよう」

　思い立ったが吉日と、一角麒は起き上がる。翠鱗は急いで一角麒の背に上がり、首によじ登って鬣にしがみつく。

「おや。翠鱗は少し重くなったね。ここに来てからどれだけ大きくなったのかな」

　翠鱗の重さを感じた一角麒が言った。

　翠鱗は首を曲げて、自分の背中から尾へと視線を移す。以前のようにすっぽりと一角麒の鬣にもぐり込めず、下半身と後脚は丸見えになっていた。尾は一角麒の赤銅色の背中から横腹へと垂れ落ちている。

初めて一角麒の背に乗ったときに比べると、体長はずいぶんと伸びていた。

――重たくて飛べない？――

翠鱗の問いに、一角麒はぶるっと鼻を鳴らして笑った。

「飛べなくはない。翠鱗の鼻先から尻尾までの長さは、人間の子どもの背丈にはなりそうだけど。人間に化けてみれば齢の見当もつく」

変化の術を体得しても、人に変じたときの見た目は、霊獣としての成熟度、あるいは霊力に応じた人間の年齢にしかならないという。

「人界に降りる理由は、それだけか」

一角麒の背に乗り、翠鱗のうしろに尻を落ち着けた朱厭が、気難しげに話に割り込む。

問いに答えを返さず前を向いた一角麒は、口の中でなにかつぶやいたが、背後の翠鱗と朱厭の耳にも心にも、その言葉と意味は届かなかった。

第三章　龍驤将軍《りゅうじょうしょうぐん》

人界を行く一角《いっかく》と朱厭《しゅえん》は、青年期の息子とその老いた父親の旅姿といった風情で、翠鱗《すいりん》は一角の背に負われた大きく細長い背嚢《はいのう》に擬態していた。

小さな集落から農村へと渡り歩き、森が近ければ野宿をするが、翠鱗が人の多さに慣れ、擬態を長く保てるようになると城邑《じょうゆう》内で宿を取ることもあった。

一角はかつて、安定して変化の術が使えるようになってすぐ、実体験もなくいきなり人界に出てしまったことで、さまざまな苦労と回り道をしてしまった。そうしたことから、同じ苦労を翠鱗にさせまいという気負いもあって、まずは人界を見せてまわることにしたらしい。

「ぼくが変化の練習を始めたのは、山の麓によく山菜を取りに来る人間の姿を真似《まね》たところからだった。まず、人間には男と女がいる。それから体の大きなおとなと、小さな子どもがいて、それぞれ姿形が違う。基本的には後ろの二本脚で立って歩き、顔は頭の正面についていて——まあ、見ればわかるけど、被毛や鱗の代わりに着脱できる服というのを着ているんだ。その服の下がどうかっているのかは、ちょっとよくわからない。暑くなると男は上半身の服を脱ぐから、のっぺりしたつるんとした肌をしているのがわかる。人によっては濃い体毛があったりするけど、毛深いとされる人間の体毛ですら、防寒にも風よけの役にも立たない——」

人間の形態に関する、一角の要領を得ない説明に翠鱗は熱心に耳を傾けた。

幼い翠鱗に対して、いささかわかりにくいだろうと自覚した一角は、あらためて言い直す。

「参考にしたい人間の前後左右をよく覚えて、頭の中に思い浮かべながら、自分がそんな姿になったところを考えるんだよ」

しかし、いかにして人に変化するかという一角の指導もまた、いっこうに要領を得ないものであった。

もう少し具体的に聞こえる助言は朱厭から出された。

「前や横はあとからでいい。水面に自分の姿が映るのを見たことがあるだろ？　自分が対象を映す水になったと思えばいいんだ」

そちらの方が状況を思い浮かべやすいが、遠目に観察する人間の顔や部品を脳裏に映すだけで、外見まで変化しているかどうかは、鏡もないところでは判断しがたい。翠鱗自身は体温が上がったり、焙《あぶ》られた雪のように体が溶けたと感じるときもあれば、視界が高くなっていたりということも起きた。

だが、そのたびに見せられる一角の残念そうな表情と、無言でかぶりを振る朱厭の反応で、術の習得が遅々として進まないことがわかる。

「急がなくてもいい。ぼくも時間はかかったから。蹄が五本指の手になるまで、ひと夏は必要だった」

「おれはひと夏で変化を習得したぞ」

「朱厭はもともと人に近い生き物じゃないか」

「二本脚で歩けるくらいしか共通点はないが」

一角と朱厭の言い合いを聞き流し、翠鱗は水の面になりきって、最後に目にした人間を水鏡に映すことを想像する。擬態するときの、周囲の草木や地面に溶け込む、無になる境地と似ていなくもない。

このように翠鱗の修業に心を砕く日々を繰り返す一方で、一角はときにふらりといなくなることがある。翠鱗たちを置いて出かけるときは人間の住む家を用意してくれ、日々のことは朱厭が何くれとなく面倒を見ていたので、一角の不在が月をまたぐことがあっても、不便はなかった。

家屋というのは便利なもので、恐ろしい獣や猛禽に絶えず警戒する必要がなく、屋内でじっとしていれば危険もない。そして無人の家には、屋内と庭に食べ物となる昆虫や小動物が豊富にいた。また、朱厭が頻繁に持ち帰る人間の食べ物も、なかなかに美味であった。人に化け、人界に住めるのは、実に便利なことだなと翠鱗は思い始めていた。

その一方で、一角はいつの間にか帰ってきても、塞ぎ込んで何も話さなくなり、病気にでも罹《かか》ったようにじっと動かず、しばらくのあいだ閉じこもってしまう。

翠鱗は病という概念を知らなかった。そのため、一角麒の体が自分と同じように鱗に覆われていることから、暑さや寒さで動けなくなる自らの習性と似たようなものかと解釈した。あるいはまた、変化の術には霊力を必要とするために、長い時間を人の形で動き回ることは、とても疲れて休養を必要とするのではとも考えた。

教わったことのすべてが、つまるところ自分の体験や肉体の感覚を物差しとすることでしか理解できない翠鱗であったが、井戸から見上げる狭い世界しか知らなかった過去と、広い世界に出た現在も、世間のありかたを教えてくれるのが一角と朱厭だけという状況では、致し方のないことであったろう。

そのようにして人里から人里へと歩いているうちに、人間の特徴をつかんできた翠鱗は、印象に残った人間の姿が心に定まってきた。どのくらいの時間を人界の旅に費やしたかは、翠鱗にとっては曖昧であったが、どの角度から見ても人間らしく変化できるようになるまでに、雪の降る冬と猛暑の夏を幾度か通り過ぎた気がする。

古びた家屋に留まること数日。翠鱗は人の姿を取った一角と朱厭の前で、数百回めの変化に挑戦した。

「まあ、だいたいできあがってきたな。角も尻尾も出てない」

二足で立つ翠鱗の前後と、頭のてっぺんから足下まで何度も見直して、朱厭が太鼓判を押した。しかし、薄い緑色の衣をまとった、漢族らしき小さな子どもの姿に変化を遂げた翠鱗に、一角はいまひとつ不安げである。

「変化はできているけど、まだ七、八歳くらいの子どもにしか見えない。つまり百歳には達してないってことだ。人の形容を真似るだけの霊力は持ち合わせているとしても、人の姿を長い時間保つことは難しいのじゃないかな」

自分が変化の術を学び始めたころのことを引き合いに出して、一角はそう意見した。とはいえ、麒麟と龍が同じような成長過程を取るかどうかは、一角にとっても不明であったから「断言はできないけども」と言い添える。

「龍の方が長生きだというし」

「霊獣にも寿命に違いがあるのか」

朱厭は驚いて一角に訊ねた。

「霊亀《れいき》が一番長生きだそうだよ。龍は麒麟の倍は生きるともいわれているし。まあでも、霊獣に成っても天界入りでもしない限りは、他の動物よりもはるかに長生きというだけで、死なないわけじゃないのだから」

霊力を蓄えない幼獣のうちは、ふつうの獣と同じようにより強い獣に捕食されたり、人間に捕らわれ見世物とされたりするため、長くは生きられない。だから特に霊獣の仔を好む妖獣や人間には気をつけるようにと、一角は教えられて育った。

「でも、本当のところはよくわからないんだけどね」

一角は百年以上生きてきたが、自分以外の麒麟に出会ったことはない。物心ついたときには親はなく、自分と同じ姿をした獣を見たことがなかった。育ててくれた山神の英招君《えいしょうくん》に『おまえは赤麒麟だ』と言われたので、赤ではない麒麟もいるのかとぼんやり想像したことはある。人界に下りてのちは、霊鳥とされる鳳凰の雛《ひな》であるという青鸞《せいらん》と知り合い、その縁で六百歳を数えるという赤龍《せきりゅう》を訪ねた。

また、人間に狩られたときに、負傷して溺れそうになった黄河《こうが》の神に、命を救われたことがある。黄河の神は河伯《かはく》という龍で、数千年あるいは数万年を生きた霊獣であろうと、一角は考えている。ただ、河伯には一角や青鸞のように血肉を具えた獣体がなく、必要に応じて水を固形化し、意思を具現化させていた。もはや『霊獣』の範疇《はんちゆう》からも超越した、寿命という概念すら必要としない存在なのかもしれない。

「霊獣とはこういう生き物だ、と分類したり定義ができるほど、ぼくは本物に出会ったことがない。麒麟についても、ぼくのように角が額の真ん中に一本とは限らなくて、鹿のように枝分かれした角を額の左右に一本ずつ、二本持つ麒麟もいるという。角の形や数が違っていたら、それだけでもう違う生き物だとぼくは思うんだけどね。それに、麒麟がどのようにしてこの世に生まれてくるのかも、知らないんだよ。千年を生きれば、そのうちわかってくることがあるのかもしれない」

翠鱗は一角以上に自分自身や世界について無知であったから、自分が霊獣なのか、本当に龍の幼体であるのかということも、考えたところで仕方のないことであった。

とりあえず自分の意見を言おうとして、使い慣れない人間の喉と舌、そして口を使って出てきたのは、女児のように高く滑らかな子どもの声であった。

一角と朱厭はあっけにとられる。

「翠鱗は、女の子だった？」

「えっと、違いがよくわからない。この声、変？」

翠鱗としては、印象に残った人間の形や声を真似しているだけなので、男女の別まで表現できているかは自覚がなかった。

「まあ、人間は子どものうちは声が高いから、喉も翠鱗の成熟度に対応しているだけかもしれない。とりあえず、一日その姿が維持できるようになったら、外へでかけてみよう」

一角は翠鱗を外の世界に触れさせることにとても慎重で、そして熱心だ。

「やたら面倒見がいいことだな。初めて出会った霊獣の仔だから、世話を焼きたくなるのはわからんでもないが」

朱厭は半ば呆《あき》れた口調でたしなめる。翠鱗はもとから一角の提案に異存はない。一角の保護下に入ってから、日々の刺激が新鮮で面白く、楽しくてしかたがなかった。

変化の術をものにしてからは好奇心が広がり、ひとりで家の外に出て行き交う人間たちに近づいて、さらに細かく観察した。

変化を長く保つことができるようになってきた翠鱗は、少しずつ行動範囲を広げ、人間たちに交わることにも度胸がついてきた。人攫《ひとさら》いを心配する一角に、あまり遠くまで行かないように言われていたが、当の一角がふらりといなくなって何日も帰ってこないことが多い。

高い城壁に囲まれた、これまでになく人間の数の多い城市に、広い廃屋を見つけて

そこにしばらく住み着く。朱厭は荒廃した家や邸《やしき》を見つけてくるのがとても上手《うま》い。

戦や反乱の絶えない人界では、繁栄している都市であろうと、住人のいない空き家をいくらでも見つけることができる。豪壮な邸宅の門が固く閉ざされていれば、そこはかつて栄えていた一族が、戦や反乱、あるいは主君の命によって惨殺されたいわくつきの場所だ。恨みを呑んだ人々の幽鬼がさまよい、陰気にひかれた妖魔が棲みついた巣窟とされ、誰も入り込んでくることはない。

そういう邸はまた、盗賊や流民の隠れ家にもなるのだが、朱厭は本物の妖気を放って怪事を起こし、人間を追い払ってしまう。そして逃げ出した人間たちや、朱厭が意図的に流した噂《うわさ》で幽霊屋敷《やしき》にされてしまった廃屋は、翠鱗たちの心地よい棲み家となった。

そうして幾日か過ぎたとき、一角がしばらくでかけてくると言い出した。

「ひとりで行くのか」

朱厭が顔をしかめて訊ねる。朱厭は一角が単独で遠出をすることを、好ましく思っていない。

「季龍《きりゅう》が死んだ。やり残したことを、片付けてこなくては」

物憂げな眼差《まなざ》しで旅支度をする一角に、朱厭はいっそう不機嫌になって言い募る。

「いまさら、どうにもならんだろう。もう、おまえにできることは何もない。起こってしまった過去は変えられない。いつまでも過ぎたことにこだわるな」

一角は小さくうなずく。

「こだわらないために、行くんだ。ケリをつけるために」

翠鱗には意味のわからないやりとりであった。ふたりの間に漂う空気の重さに、翠鱗は話に割り込まないという判断をする。

ひと季節が過ぎても一角は戻らなかった。一角の身に何があったのだろうと心配した翠鱗は、一角を捜しに行かなくていいのかと朱厭に訊ねた。

「翠鱗の変化術が安定してきて、ずっと見ている必要がなくなったから、時間のかかる用事をこなしに行っただけだ。おまえは修業に励め」

とだけ答える朱厭の面持ちは不機嫌で、やはり何かよくないことが起きているのではと、翠鱗はいっそう不安になった。一角がときどき出かけてゆく用事がなんなのかという疑問と、戻ってきたときの憂鬱げな顔と、ときにひどくやつれてしまう理由についても、なんとなく聞き出せずにいた。

だが、空も飛べず、早く走ることもできない翠鱗にできることはなく、人間の多く住む城下の街角で息を潜めつつ、一角の帰りを待つ日々が続いた。

それでも、一角の不在が半年を越えると、朱厭は捜してくると言って翠鱗を残して出かけることにした。

「さすがにおまえを背負って移動するのは大変だから、留守番を頼む。いいか、おれのいないあいだはこの幽霊屋敷から出るんじゃないぞ。人間に入り込まれても、脅して遠ざけようとか思わず、屋根裏か床下に潜むか、その辺の木に擬態してやり過ごせ。自分からかかわろうとするな」

留守番を言いつけられて、翠鱗はひとりきりになった。無人の廃屋で人の子の姿となってうろついても特にすることはなく、食べ物は広い庭にいくらでもあったので、蛟の姿で捕食する方が便利であった。自然と変化の練習を怠けがちになる。そのうち、古井戸を見つけて、万が一のときはここに隠れればいいなどと暢気に暮らしていた。

満月の明るい夜に、翠鱗は邸を囲む塀の向こうに大勢の人間たちの足音と話し声、馬の嘶《いなな》きと蹄の音、そして金属のガチャガチャと触れ合う音を聞いた。

激しく門を叩く音が響き渡り、外からかけられていた閂《かんぬき》が壊される音がする。朱厭の言いつけ通り隠れるべきか、あるいは蛟の形態から人の姿に変じて、招かれざる客を追い返すべきかと翠鱗が迷ううちに、門扉が荒々しく開かれる。

「これが評判のお化け屋敷か」

進み出たのは体格から見て十五歳かそこらとおぼしき少年であった。柱の陰から盗み見ると、顔立ちは存外に幼さが残る。声はおとなに近いが、いまだ子どもの範疇と見受けられる少年の姿形と、いたずらめいた表情に、翠鱗は少しほっとした。

だが、その後に続いて門内になだれ込んできたのは、甲冑《かっちゅう》をまとい武装した兵士たちであった。見れば少年も甲冑をまとっている。

少年は片手を上げて、兵士らに命を下した。

「邸内を隅々まで調べ、妖魔がいれば引きずり出せ！」

翠鱗は驚き、大急ぎで天井に上り、月や松明《たいまつ》の灯《あか》りの届かぬ闇へと同化した。梁《はり》の上に潜み、この無頼の武装集団の目的を観察する。

整った甲冑を着けた兵士が屋内から駆け出して、邸の正面に仁王立ちになっていた少年に「苻郎《ふろう》」と呼びかけた。

「妖魔らしきものは見当たりません」

「妖《あやか》しのものどもだ。いまは姿をくらまして、皆が寝静まったころに怪異を起こして我らを脅す気であろう。すべての部屋と庭の灯籠に一晩中灯りを灯《とも》し、篝火《かがりび》を絶やすな。みなは交代で見張りをしろ。変事があれば、太鼓を叩いて皆を起こし、鉦《かね》を鳴らして妖魔を炙《あぶ》り出《だ》せ」

自信たっぷりな声と、凜々《りり》しい見た目は、これまで農村や市井《しせい》で見てきた少年とは異なり、大人びて力強い。翠鱗は目をこらして、苻郎と呼ばれた少年を見つめた。

人の形をしているものの、白っぽい光の輪に囲まれ、少年自身もほのかに白く光っているように見える。

——人間？　月暈《げつうん》が地に降りたみたいだ——

人間の少年に姿を変えた何かであろうかと、翠鱗は首をひねった。

少年に率いられた五十人程度の兵士らは、邸を隅々まで探索し、そこで肝試しをしつつ、一夜を過ごすつもりであるらしかった。鍋や食糧が運び込まれ、その場で羊を殺して解体し、火を熾《おこ》して肉の塊を炙り始める。羊の血臭と、肉が焼け脂の燃える匂いの香ばしさに、翠鱗はごくりと唾を呑み込んだ。

少しばかり分けてもらうわけには、いかないだろうか。

天井裏や井戸に隠れてしまうのはいつでもできる。人間の食べ残しを食べることにも抵抗はない。

それに、翠鱗はもう少し近づいて、おとなの兵士に恭しい態度で苻郎と呼ばれている少年の正体を見極めたいと思った。しかし、周囲に人間が多すぎた。兵士のひとりに変化できればともかく、翠鱗は小さな子どもにしか化けられない。このような廃屋に小さな子どもがひとりでいたら、間違いなく妖魔に認定されて、人間たちに襲われてしまう。

充分に飲み食いした一行は、それぞれ適当な場所を選んで横になる。苻郎はかつて邸の主人のものであった寝室で休むことにしたようだ。翠鱗は天井裏を移動し、隙間を見つけて苻郎のようすを窺《うかが》った。苻郎が眠っている間も、見張りの兵が戸口に立ち、寝台の横には小柄な人間が控えている。武装していないところを見ると、召使いかなにかだろうか。

豪胆な少年は古びた寝台に横になると、すやすやと眠りに落ちてしまった。深夜を過ぎて見張りたちが緊張を解き、うつらうつらしている隙に、翠鱗は寝台の下へと潜り込み、夜明けを待った。曙光《しょこう》であたりが見えるようになったころ、召使いが朝の湯か茶を用意するためであろう、寝室を出て行った。それから息を殺して少年の呼吸に聞き耳を立て、眠りが浅くなったと見て子どもの姿に変じ、そろそろと寝台の下から這い出した。

頭と肩を出したところで、ずん、という床に走った衝撃に動きを止める。目の前に装飾の美しい剣の鞘《さや》が突き立ち、翠鱗の動きを封じていた。

「何者だ」

寝台の上から見下ろす少年の険しい表情と、その動きの速さに翠鱗は冷や汗をかいた。明るくなってから人の子の姿で出て行けば、少なくとも妖魔と思われていきなり殺されないと考えたのだが、甘い考えだったようだ。寝台の下に人間が潜んでいれば、それは暗殺者であろうと考えるのが人間であると、翠鱗は想像もしなかったのだ。

だが、鞘から剣を抜かずに翠鱗の動きを制しただけであるところから、少年は幼い闖入者《ちんにゅうしゃ》に殺される可能性は考えていなかったらしい。そもそも、翠鱗の表情には怯えしかなく、丸腰でさらに殺気そのものを発していなかった。

戸口にいた見張りの兵が駆けつけ、構えた槍《やり》を翠鱗に向けて威圧的に叫んだ。

「将軍の質問に答えろ」

翠鱗は混乱してしまった。人界の仕組みについて一角や朱厭から教わったなかに、将軍という身分と職業についても学んでいた。目の前の少年と、将軍という肩書きが釣り合うとは思われなかったが、実際の見聞と経験の足りない翠鱗は、将軍とはこのような若い人間にも務まる仕事なのだろうと思うことにした。

「す、翠鱗といいます。い、い行くところがなくて、このお邸で、雨風を、ししのいでます。昨夜は、怖い人たちが、いいっぱいやってきて、この寝台の下に、隠れていました、が、どうしても、その、しょ、小用を我慢できなくなって」

翠鱗は一晩中考え、頭の中で何度も繰り返した筋書きを口にした。もっと滑らかに話せる自信があったのに、いざとなると何度も言葉を嚙《か》んだり、つっかえたりしてしまった。

苛郎の髪は頭頂でまとめてあったが、漢人のように団子にして布でくるんではおらず、何本かの三つ編みにして背中に垂らしていた。厚い耳たぶには紫水晶を連ねた耳飾りを通してある。肌の色は漢人よりも濃い。灰茶色の瞳は紫がかった珍しい虹彩をしていた。

そして、昨夜目にした白い暈《かさ》は、朝の光の中でもぼんやりと少年の周囲にあった。かねてより一角から聞いていた、聖王のしるしというやつであろうか。ならば、この少年を護《まも》り導くことで、自分は一足飛びに神獣になれるのではないか。それこそ稲妻のように閃《ひらめ》いた考えに、翠鱗自身が驚き、戸惑った。一角に相談もなく結論に飛びつくことはよくない気がして、翠鱗は心を落ち着ける。

少年の顔を近くで見たいというだけの理由で、朝を待ち危険を冒した翠鱗は、望みが叶《かな》ったので退散する方法を考える。人目のないところへ逃れて蛟体に戻り、周囲の色に擬態してかれらが去るのを待てばいい。

苻郎は剣を寝台に置いて、翠鱗の顔をのぞき込む。丸腰で貧相な難民の子どもに対する警戒を解いたもようだ。だが、護衛兵はまだ油断なく槍を構えている。

「孤児か。ひとりだけでここに住み着いているのか？」

「お、叔父が食べ物を探してくると言って、三日ほど戻らないです。あと、兄がいますが、何ヵ月もどこかへ行ったままです」

人と関わるときに身元を訊《き》かれた場合は、朱厭のことを叔父、一角のことを兄と答えることになっていたので、このときもそう答えた。

「では腹が減っているだろう」

苻郎は表情を和らげて翠鱗に訊ねた。

そのとき、苻郎の寝台の横で夜を明かした召使いの少年が、盆を掲げて主人の朝食を持ってきた。少年は苻郎よりも少し年長のように見受けられる。召使いの少年は、見知らぬ子どもが主人の寝室に入り込み捕らわれているのを見て、驚きの声を上げた。

苻郎は手振りを添えて少年に指図する。

「長児《ちょうじ》、そこの子どもに食事をさせろ」

どこから見ても浮浪民の子といった風情の翠鱗に、長児は何か言い返そうとして口を開いたが、思い直して口を閉ざした。おそるおそる翠鱗に近づき、主人のために持ってきた朝の膳を差し出す。翠鱗は出された昨夜の肉と饅頭《マントウ》をむさぼるように食べて茶を飲み干し、礼を言った。

長児はますます忌々しげに顔をゆがめた。護衛や長児の物言いたげな表情に注意を払うこともなく、苻郎は翠鱗に訊ねた。

「そなたはどこから来たのだ」

訊かれても、人界における地名と地理的なことはほとんどわからない。自信なさげに「華山の方から」とだけ答える。

「長安《ちょうあん》の近くか」

いくつか立ち寄った都市のひとつに、そのような名の都があった。

「たぶん」とやはり不安そうに応じる。

苻郎は翠鱗のやってきた道と、暮らしぶりについて、根掘り葉掘り聞きだそうとした。覚えている町や城の名を翠鱗が口にすれば、そこの治安や為政者の噂なども聞きたがる。また戦禍に遭って放浪しているのならば、どこで戦に巻き込まれたのかとも訊ねる。

「戦争とか反乱とかには、遭ったことないです。しゅ――叔父さんや兄が、そういうの避けてたから。ただ落ち着いて暮らせる場所を探して、移動していました」

翠鱗の顔をまじまじと見ていた苻郎は、「おまえは、胡人か。何族だ」と訊ねる。

「え、わかりません」

違う、と答えようとして、そもそも人間ではないと言いそうになり、翠鱗は言葉を濁した。

「翠鱗という名はその目の色からとったのではないのか。みどりの瞳は、胡人でさえとても珍しい。わたしの目も、珍しい色をしていると言われる。わたしは氐族《ていぞく》だ。もっとも、氐族でもあまり見ない色だそうだが」

翠鱗は相手を見上げ、紫を帯びた苻郎の瞳をじっと見つめた。それから慌てて自分の目を両手で覆う。人への変化が完璧でないから、目の色が漢人にはありえない緑色のままであった。一角もまた、人の姿になっても瞳は黄色がかったままで、髪も麒麟体のときと同じ、赤金色をしている。

それに、翠鱗は瞳孔の形が人間と違い縦に細長いので、明るいところでは人間に瞳をのぞき込まれないように気をつけろと、朱厭に指摘されていたことを思い出した。

そしてさらに、一角みたいに額の角を隠しきれていないのではと、慌てて額を押さえる。なにも飛び出していないことを感触で知り、内心でほっとする。

翠鱗の髪は鏡を見たときには黒かったから、髪の色は問題はないはずだが、それならばなおさら瞳の色が異様に映るだろう。

「色も白いな。胡人狩りから逃げてきたのか。だから胡人であることを隠し、このような廃屋に潜み隠れているのか」

「胡人狩り？」

翠鱗は聞き返し、そしてはっと驚き膳を蹴って立ち上がった。

「一角が！　兄さまが帰ってこないのは胡人狩りのせい？　って、狩る？　人間が、人間を？」

一角はその瞳の色と髪の赤さのために、行く先々で胡人かと訊かれていた。髪は頭巾で隠すことはできても、襟足まで覆うのは難しく、頭巾の巻きが緩ければ毛先がはみ出てしまうこともある。もしかしたら一角は人間に捕らえられてしまったのかと、翠鱗はおそろしさに体が溶けそうになった。

苻郎は突然取り乱した翠鱗のようすに、眉を寄せた。

「うむ。趙《ちょう》の国が漢族の冉閔《ぜんびん》に乗っ取られて国号を大魏《たいぎ》と改めてから、胡人への迫害がひどくなっている。冉閔は漢人至上主義者でな。自ら大魏の皇帝位について、国の中枢から胡人を閉め出しただけではなく、毛色の異なる、鼻が高く目の深い、髭《ひげ》の濃い胡人の皆殺しを命じた。都の鄴《ぎょう》では年が明けてから何万という胡人が殺され、胡人狩りは各地に広がっていった。わたしもまた、冉閔から見れば戎《じゅう》人の氐《てい》族。捕まれば殺されるであろうから、安穏とはしておられぬ」

捕まれば殺される！　この目の前の将軍と呼ばれている少年でさえ、冉閔とやらに捕らわれたら殺されてしまうのならば、ひとりでふらふらしている一角などどうなってしまうのか。白昼衆人の中で麒麟に変化して、空を駆けて逃げることができるのだろうか。

とにかく一刻も早く朱厭と一角を捜し出して安全を確かめたい、という気持ちと、それ以上になにやら不安で恐ろしいことが起きているという直感に、翠鱗はただ狼狽《うろた》えることしかできない。

「じゃあ、あなたも逃げてるのですね。でも護衛の人間がいっぱいいるから、大丈夫です。ぼくは叔父と兄を捜しにいきます」

言葉だけは出てくるのだが、なにをどうしたらいいのかわからない。蛟の形態に戻っても、人間の子ども以上にできることなどないのだ。

「洛陽から西は、すでに氐族である我が祖父の建てた三秦国《さんしんこく》の版図となっている。冉閔の胡人狩りが長安まで及ぶことはないが、石虎《せきこ》の崩御以来、趙国は内乱と胡人の虐殺が続き、我が国へ大量の難民が流れ込んでいる。そなたの叔父と兄も、巻き込まれずに無事に生きているかどうかは、確かめるすべもない。このあたりはまだ冉閔の息のかかった兵が入り込んで跋扈《ばっこ》しているというので、私が父に遣わされて巡回しているのだ。一目で胡人とわかる無力なそなたを、ここに置き去りにするのも気が引ける。なにより、一夜の宿を借りた恩義もある。私とともに長安に来るか」

空き家を不当に占拠しているだけの浮浪民を家主として、翠鱗に礼を言う。

「でも、自分がここからいなくなったら、叔父と兄が無事に迎えに来たときに、会えないです」

たった今、この隠れ家を出て一角たちを捜しにいくと言ったことも失念して、翠鱗はここを離れられないと口走る。混乱してどうしたらいいのかわからず、困り切った翠鱗に、苻郎が訊ねる。

「そなたの叔父たちは漢字が読めるか」

翠鱗は一角の洞窟に積み上げてあった木簡や書籍の山を思い出す。朱厭が書物を読んでいるところは見たことがないが、一角が翠鱗に読み聞かせてくれたことはあった。

「兄が読めます」

「では、書き置きをしていけばいい」

苻郎は墨と筆を用意するように長児に命じた。

『童子翠鱗は、三秦王《さんしんおう》苻《ふ》洪《こう》の孫、東海公《とうかいこう》苻《ふ》雄《ゆう》の第二子、龍驤《りゅうじょう》将軍《しょうぐん》苻堅《ふけん》の預かりとする』

苻郎の迷いのない筆運びと、黒々とした雄渾な筆跡を、翠鱗はうっとりと眺めた。人間の書いた書物を読むことはあっても、実際に書いているところを目にしたのはこれが初めてだ。

紙だけではなく、柱や扉、門にも書き付けさせ、苻堅は自分についてくるよう翠鱗に命じた。

「こう書き残しておけば、もしそなたの叔父や兄が生きていれば、そなたを長安の私の邸まで訪ねてくるだろう。もとが華山周辺の出身であるのならば、難しい道のりでもあるまい」

翠鱗はまだ乾かぬ墨を指で追って「翠、鱗」と読んだ。

「自分の名は読めるのだな」

翠鱗は『苻堅』を「ふろう」と読んで苻堅を笑わせる。

「苻郎は周りの者が私を呼ぶときに使う呼称だ。堅は諱《いみな》だから、身内しか使わぬ。そなたが呼ぶときは苻郎でもいいが、文玉《ぶんぎょく》が字《あざな》だ。そちらで呼んでもいい」

「ぶんぎょく」

言われた通りに繰り返した翠鱗に、そばで控えていた長児が「文玉様とお呼びしろ」と不機嫌に口を出した。

翠鱗は「文玉様」と素直に言い直し、苻堅について寝室を出た。

邸の正面にはすでに兵士らが整列して、苻堅の馬を引いて待っていた。

翠鱗は苻堅のあとを追って行こうとしたが、長児に襟を摑《つか》まれて引き戻される。

「おまえはこっちだ。新入り」

長児の言う意味がよくわからないまま、逃げ出すのも具合が悪いので長児の言うとおりにした。どれだけの時間、人の子の形を保てるのか、自分でも見当はつかないものの、長児の差し出す旅装束を身につけ、旅回りの道具の入った袋を持たされる。

苻堅とともに邸に侵入したのは、かれの率いる軍のほんの一部であったらしい。翠鱗が半年を過ごした城市の外には、数百か千を超える将兵が将軍の苻堅を待っていた。

行軍に従って日差しの下を歩いているうちに疲労困憊《ひろうこんぱい》してきた翠鱗は、休憩のために一行が足を止めた隙に涼しげな樹林に逃げ込んだ。木に登ってちょうどいい大きさの枝に腹ばいになり、本来の姿に戻って一休みする。

いつ変化が解けて正体を現してしまうかという緊張から解き放たれ、梢を渡る風を感じつつ、翠鱗はうとうと寝入ってしまった。

名前を呼ばれて目を覚まし、耳を澄ますと苻堅の声であった。長児の声も聞こえる。翠鱗は首を伸ばして下を見ると、苻堅が数人の兵士を連れて翠鱗を捜し回っているのが見えた。慌てて人に変じたが、尾がなくなってしまい重心の均衡を失ってしまう。身を乗せていた枝から落ちそうになり、慌てて枝にしがみつく。枝にぶら下がる形になり、その音に気づいた苻堅が駆けつけた。

「そんなところで何をしている」

木からぶら下がっている翠鱗を見上げて、苻堅が問いかけた。

「あの、ここで休んでいました」

長児が木の幹に手をかけて、苛々《いらいら》とした声を上げる。

「ばかやろう。行軍休止のときはおれたちが働くんだよ。水を運んだり、湯を沸かしたりして、お茶や食事を準備して、ご主人様に差し上げるんだ」

「どうして――」

翠鱗はその続きをどう言えばよいのかわからなかった。

ただ苻堅についてくるように言われただけで、それがどういう意味を持つかなどと、まったく考えもしなかった。猛禽にさらわれかけた翠鱗を一角が拾ったときのように、かれの棲む洞窟へ連れ帰って、ただそこに居させてくれたように、翠鱗を安全な場所へ移すためについてこさせたのだと思っていた。

これまで経験したことのないほど大勢の人間が周囲を動き回り、話しかけてくることと、自分がいつまで人の形を維持できるかと緊張が続き、一刻も早く山へ帰りたい気持ちになって目に入った林に逃げ込んだのだ。

「長児、落ち着け。私は翠鱗を近侍や従卒にするために連れてきたわけではない。第一、小間使いにするにしても、まだ幼すぎるではないか。行軍にここまでついてきただけでもたいしたものだ。逃げて隠れたくなるほど疲れて動けないようなら、輜重車《しちょうしゃ》の隅にでも乗せてやれ」

苻堅はそしてまだ枝にぶら下がっている翠鱗を見上げて笑った。

「ずっとそのかっこうでしがみついていられるとは、けっこうな腕力を持ち合わせているようだ。見所がある」

蛟の足を出せば、爪を出して楽々と木を伝い登ることができるのだが、ここで正体をばらしてはなるものかと、翠鱗は文字通り尻尾を出さぬよう必死であった。

苛堅に下りてくるように説かれたが、人間の体で複雑な運動をしたことのない翠鱗は、どうしたら下りられるのか、わからないと言い返した。

「では手を放せ。私が受け止めてやる」

言われた瞬間に、痺《しび》れ始めていた指の力が抜けて、翠鱗は枝から手を放してしまった。骨格に少年の細さを残す苻堅に受け止められるかという不安は、翠鱗だけではなかったらしい。周囲から大小の叫びや苻堅を案じる声が上がる。

だが、翠鱗はスポッと難なく苻堅の両腕に受け止められた。

苻堅は困惑した表情を一瞬だけ浮かべたが、すぐに何事もなかったような顔で翠鱗を地面に下ろした。

「いま、縮んだか」

苻堅は小声で翠鱗に訊ねたが、翠鱗はきょとんと苻堅を見上げる。無意識に体を小さくしたとしても、翠鱗自身にはまったく自覚がなかった。

「ずいぶんと軽いな。ちゃんと食べていないようだ。あんな廃屋に何日もひとりでいたのだから、驚くほどのことでもないか」

荷堅は翠鱗の待遇については保留にするよう長児に言いつけた。そして翠鱗を輜重車ではなく、自分の鞍《くら》の前に座らせて行軍を開始した。

「輜重車は狙われやすい。翠鱗は羽根のように軽いから、手綱さばきに影響はないだろう」

荷堅の前鞍にちょこんと座らせられた翠鱗は、長児ににらみつけられて体をすくませる。だが行軍が始まると荷堅は屈強な将兵に囲まれて、長児の姿はすぐに見えなくなった。

第四章　華北大乱

苻堅《ふけん》に身元や来し方をあれこれ訊ねられたが、翠鱗《すいりん》ははっきりと答えることができなかった。朱厭《しゅえん》や一角麒《いっかくき》のことを話しても人間は信じないであろうと教えられていたし、自身が蛟《みずち》の化身であることも、話してはいけないと言い含められていたからだ。

だが、人間としての生まれや背景も考えてはいなかったので、何を訊かれても「わからない」「よく知らない」としか答えられない。

前鞍に座っている翠鱗の見た目はがんぜない小さな子どもである。しゃべりかたは外見から推測される年齢よりも幼く、語彙が少なく舌足らずなところなども、いささか知恵が足りないように思われる。

飢饉や戦乱の絶えない華北にあって、流亡を強いられる老若の民草のなかには、放浪のさなかに産み落とされ、両親とは死に別れ、親族は離散して自らの出自も知らない孤児が巷《ちまた》にあふれていた。かれらは往々にして、流されてきた土地の言葉や方言を理解することも話すことも難しく、翠鱗がそうしたみなしごであるとすれば、痩せ細って物知らずであることもおかしなことではない。

苻堅があの廃屋に翠鱗を置き去りにしておけば、いずれは餓死するか、人売りに拾われて奴隷として売り飛ばされてしまったことだろう。奴隷となってその日その日の衣食を手に入れたとしても、充分な食事が得られるとは限らず、栄養が足りずに病に罹って数年も生きなかったことは容易に推測される。

そして、翠鱗の生い立ちや家族について訊ねても、まったく要領を得ないことから、苻堅は身元を聞き出すことをあきらめ、あまりにも無知で無警戒な子どもに、いまの戦と死に満ちあふれた世の中について説くことにした。

「太古の昔には堯《ぎよう》や舜《しゆん》といった徳に満ちた聖天子が中原を支配していたという。当時は人々の暮らしを脅かすものといえば、天災の旱魃や洪水、蝗害《こうがい》などといったもので、聖王は予《あらかじ》め避けることのできる水害に備えて治水に励み、飢饉には穀類を備蓄し、救荒植物となる堅果や球根類を植えさせ、人々を治めていた。その当時には戦などなかったそうだが、戦って土地を奪い合うほどに、国や人間の数が、多くなかったのだろうな」

「それ知ってる」

翠鱗は目を輝かせて苻堅の話を遮った。

「三皇五帝のお話。兄さんが読んでくれた物語にありました。三皇の庖犧《ほうぎ》氏、女媧《じょか》氏、神農《しんのう》氏、五帝の黄帝軒轅《こうていけんえん》、帝顓頊《せんぎょく》、帝嚳《こく》、帝尭《ぎょう》、帝舜《しゅん》。でも、庖犧のときは龍師という軍隊があったし、女媧のときは共工《きょうこう》が天下を奪おうとして祝融《しゅくゆう》と戦い、天を支える柱を折って天を傾けてしまったし、黄帝のときは諸侯が互いに戦って、特に暴虐のひどかった蚩尤《しゆう》とは何度も戦って、涿鹿《たくろく》の野でついにこれを下したって。天地の開《かい》闢《びゃく》以来、天皇《てんこう》たちの時代ですら諸侯の争いは絶えなかったのに、人帝の尭と舜の時代は大きな戦争がなかったから、このふたりはすごいんだよって。みんなが平和に暮らすには、仁徳を具えた聖王が必要なんだけど、なかなか出てこないんだよ、って兄さんが教えてくれました」

それまでたどたどしくはっきりしない物言いであった翠鱗が、いきなり立て板に水といった勢いでしゃべりだす。苻堅は驚いてしばらく言葉も出なかった。会話が途切れてしまったことに、翠鱗は首をひねって不安げに苻堅を見上げた。

「あの、間違って覚えているところも、あると思います。言葉は難しくて、話はややこしいし、神様や人間の名前がたくさんありすぎて覚えられなくて、いっぱい読んでもらったんですけど、だいたい、わすれてしまって」

しだいにしどろもどろになっていく。苻堅は気を取り直して固い微笑を浮かべた。

「なるほど、翠鱗の兄上というのは、教養の高いかなりの読書人であるようだな。翠鱗の身の上は不運な巡り合わせであるにもかかわらず、こすからさや卑しさを感じさせないのはそういうことか。もとはそれなりの家柄であったのだろう。そなたらの姓氏はなんという？」

「それは、わからないです」

一角と朱厭と翠鱗は、人間ではなく、それぞれが別種の生き物であり、当然ながら姓氏など持ち合わせない。人間にはもれなく姓氏があり、字《あざな》を持つというのだが、翠鱗には適当に考えつくことすら思いつかない。

「兄上には、他にどのような書を読んでもらった？」

答えられる質問に話題が変わったので、翠鱗の顔がふたたび明るくなり、明瞭な口調になった。

「論語や春秋とか、史書なんかは一通り。でも退屈で、ほとんどわからなくて、すぐ眠ってしまいます。兄さんの声は耳に優しくて朗読は歌のようだから、聴いていると気持ちよくなるんです。でも、あちこちの山について詳しく書かれた山海経は、眠くならないので何度も読んでもらいます。あと、魏《ぎ》の文帝《ぶんてい》が撰《せん》したという列異伝は面白くて、兄さんは『翠鱗は説話や怪事を記した伝奇物が好きなんだね』って言いました。それから兄さんは、『翠鱗の年頃だと歴史書や思想書よりも、民間説話を読む方が人間の考え方をよく理解できるから、こんど大きな都に寄ることがあったら、最近になって編まれた捜神記《そうしんき》というとっても分厚い志怪小説を手に入れてこよう。全巻をそろえれば、百年の雨に降り込まれても退屈しないだろうね』と言ってました」

この年頃の子どもでは、貴族か名家などの、よほどの知識階級の育ちでなければ知らない単語がポンポンと飛び出し、尭舜《ぎょうしゅん》の話を始めるまでの、おどおどした物言いがすっかり消えている。

人界の常識に沿った質問をされれば、正しい答えをよく知らない翠鱗は言葉を噛みもするし、発音が不明瞭になっても仕方がない。その一方で、一角と出会ってから、それなりの歳月の中で繰り返し学んだことや、朱厭とも語らったことがらで、苻堅と共有できる話題であると知れば、言葉は堰《せき》を切ったようにあふれ出す。

いきなり五歳も歳をとったかのように、淀《よど》みなくしゃべりだす翠鱗の豹変《ひょうへん》ぶりに、苻堅は驚くばかりだ。

そして、幽霊邸に住み着いて、衣食に事欠くような流民の兄弟が、上流階級の子弟らでも購入するのに苦労する書籍を、まるでそのあたりで採れる酸漿《ほおずき》や山の果実でも手に入れる感覚で話題にしていることが不思議に思われる。

姓氏を知らない、あるいは知らされていないというのは、もしかしたら出自が露見すれば命に関わるような身分であるのかもしれない、と苻堅は憶測する。国が衰え、皇家の宗室が途絶えると、傍系の皇族まで担ぎ出されて利用される。国家の再興ならずあげく殺されるとなれば、帝位など望まずに野に逃れ、あるいは市井に隠れ住むことは愚かな選択ではない。

翠鱗の顔立ちは、彫りは深くはないが瞳の色は淡く、肌の色は乳のように白い北族の特徴を帯びている。趙国《ちょうこく》を建てた石勒《せきろく》は羯《けつ》族の出で、胡人の中では色白く目や髪の色の淡い西方の民の血を濃く引いているという。翠鱗は冉閔《ぜんびん》によって虐殺された石氏一族の血筋なのでは、という可能性を苻堅は否定できない。

趙では代が替わるたびに皇族が皆殺しになっている。その前に趙という同じ名の国を建てた匈奴《きょうど》、その前に中原を統一した晋《しん》でも、皇族同士の殺し合いは恒例行事であった。直系が絶えてしまったときは、王朝の余命を長引かせるために、生き残った傍系の皇族を担ぎ出すこともまた恒例となっていた。

そうした疑惑を胸に溜《た》めて、苻堅はにこやかに話を合わせる。

「文士どもが軽んじる怪異集や説話集といえども、列異伝は時の天子が自ら好んで読み、編纂《へんさん》させたものだ。文字に触れて読書を楽しむことができるのは、知識と見聞を高めるのに役に立つ。翠鱗はなかなか学があるのだな」

苻堅に褒められて、翠鱗は安堵するとともに嬉《うれ》しくなる。苻堅はさらに続けた。

「読本がなんであれ、幼い内から学び始めるのはよいことだ。私が祖父に頼んで師を得、家学に就いたのは八つのときだ。翠鱗は当時の私よりも幼い。その翠鱗の兄上がそれほど学問に熱心で博識であるならば、是非とも当家に召し抱えたいものだ。兄上の名は何という？」

翠鱗は一角の名を教えてよいものか悩んだが、通りすがりの町角でも、訊かれれば行きずりの人間に対して名を教えていたことを思い出した。一角の本名は麒麟体のときは一角麒だが、人間としての通り名を教えることに問題はなさそうだ。

「みなは兄さんを一角と呼びます。姓氏があるのかは、知りません」

「一角とは、変わった名だな。兄の歳と外見の特徴を言えば、人相も描かせて捜させることもできる」

翠鱗は苻堅の申し出についてよく考えてみた。人の子どもに化けるしか霊力を持ち合わせない自分に、自力で一角や朱厭を捜し出す術《すべ》も手段もない。ここは霊力はなくとも、将軍と呼ばれて大勢の人間を従え、砂地から米粒を見つけ出すような人捜しを可能と考える少年に頼るのは、愚かではないと思えてきた。

「お願いします」

翠鱗が素直に頼ってきたので、苻堅は気をよくして話題をもとにもどした。

「それで一角は、尭舜の世はすでに遠く、もう何百年ものあいだ人の世では戦が絶えないことは話してくれたか」

翠鱗は大きくうなずいた。

「兄さんは、人の世を平和に保つには仁徳のある聖王が必要だけど、尭舜の時代と違って人間の数が増え、文化と言語、信仰の異なる多様な民が、たくさん華北に移住して場所を取り合うから争いが絶えない。だから、あらゆる民を帰服させて、平等に扱うことのできる徳を具えた君主でなければ、中原を統一できないだろうって言ってました」

「あらゆる民を平等に――とは、斬新な思想だな。それはますます我が三秦に招聘《しょうへい》して、話を聞きたい人材だ」

感心した口調で、苻堅はうなずく。

「私も一通り歴史は学んだ。中原はかつて天より命を受けたひとつの王朝によって支配されていた。ひとつの王朝の徳が衰えるたびに天命が革《あらた》まり、姓の異なる者が天子として立った。夏《か》から殷《いん》、殷から周《しゅう》へと。だが、宗家より姓氏の分かれた諸侯の力が強くなり周の徳も衰え、中原は大小無数の国に分裂した。やがて列強と呼ばれた七国が戦う春秋と戦国の時代のあと、一度は秦漢《しんかん》によって統一された。一角兄はこのことを教えてくれたか」

問いかけられた翠鱗は目を泳がせて、弱々しく首を振った。一角が読んでくれたことのある部分かもしれないが、千年を超える無数の国々の興亡など、一度か二度聞かされたくらいでは、とても覚えて理解できるものではない。

「やがて漢の徳が衰え、中原が魏呉蜀《ぎごしょく》の三国に分かれて以来、中華の世界はふたたび戦国の世となり、戦争が絶えることがない。魏や晋による統一も魏が五代四十五年、晋は四代五十一年しか続かなかった。晋は生き残った皇族が南に逃れて江南《こうなん》で皇帝を宣し、余命を保ってはいるが、華北は匈奴の劉《りゅう》氏、羯族の石氏によって支配された。私が生まれた年に石氏の趙はもっとも領土を広げ、栄えたというが、たった十二年後の今日、趙は滅び、ふたたび華北は分裂し、乱れに乱れているありさまだ。民草は父祖の拓《ひら》いた耕地に戻れず、心の安まるひまがない」

苻堅は嘆息とともに、次の言葉を吐いた。

「そなたの兄は、夷《い》狄《てき》や西戎《せいじゅう》が天命を授かると思うだろうか」

翠鱗は苻堅の言う『天命』の意味を考えた。一角が『天命』と言うときは、未熟な霊獣が霊格を高めるために、西王母《せいおうぼ》を通して天から授かる仕事を指していた。だが、人間にとっては、もっと重く異なる意味合いを持つことは知っていた。

「新しい天子として相応《ふさわ》しい徳を具えた人間に、天帝が授けるという、地上世界の統治権のこと？」

一見して七つにも満たない子どもには似つかわしくない語彙と、老成した物の言い方に、苻堅は戸惑った。やはりただ者ではないと密《ひそ》かに思いながら、「そうだ」と答えた。

翠鱗は山の洞窟で過ごした日々や、旅の途上で一角と交わした、人界に関する話題を少しずつ思いだしながら、天命がいかにして革まるか、という一角の解釈をまとめてみる。

「漢族か異民族かどうかは、聖王の器や資質と関係ない。劉淵《りゆうえん》も石勒も漢族ではなかったし。ただ、時間が足りなかったから、中華の半分しか取れなかったのと、後継者がかれらの志を継がなかったから、王朝は短命に終わったって、兄さんは話してた」

翠鱗は、一角が石趙の建国にかかわった当時について語っていたことを、ほぼそのまま口にした。

苻堅は首をかしげる。とても流民の孤児が知っているような話ではない。自分は何者と問答を交わしているのだろうか。

「聖王の器と資質？　劉淵や石勒の志とはなんだ？」

「えっと。器とか資質はよくわからないけど、石勒は胡人と漢人の融和を求めて天下を志したんだって」

「誰がそう言ったのだ？　つまり、誰がその話をそなたの兄に教えたのだ」

苻堅は鞍上で上体を前に傾け、翠鱗の肩ごしにその澄んだ瞳をのぞき込むようにして訊ねる。

劉淵も石勒も、苻堅が生まれる前に世を去った英雄だ。かれらの志を伝える記録など聞いたこともない。それをこの七つになるかならぬかの子どもの兄が、親戚の噂や身内の思い出を語るように言ってのけたという。

「兄さんが自分で考えたことです」

「胡人と漢人の融和といっても、華北の混沌《こんとん》ぶりを解決するのは、そんな単純なものではないぞ。主立った胡人からして氐《てい》、匈奴、羯、羌《きょう》、鮮卑《せんぴ》と、五つの民族が入り乱れて争っている。これらが相争わず、漢族とも共存できる道があればそれに越したことはないが、誰もまだその答えを出したことはない。そなたの兄は何歳だ」

翠鱗は返事に詰まった。百数十歳とはもちろん言えない。人化した姿は二十歳前の青年であるが、人界で年齢を訊ねられたときはどう答えるのかは、聞いていなかった。

「よく、わからないです」

周囲を見回して、似たような年頃の兵士を指差し「あのくらいです」と言う。

その兵士はどう見ても二十歳は越えていない。

「そなたの兄はどのようにして、石勒たちの志を知ったのだ？　劉趙や石趙の史書や語録が編まれたという話は聞いたことがない。いや――」

苻堅は手綱から片手を放して額を擦《こす》った。

苻堅の属する氐族は、祖父苻洪《ふこう》の代では劉氏の建てた趙に服属し、劉趙が石氏の趙に滅ぼされると石趙に従った。石虎《せきこ》の死後、石趙が冉閔《ぜんびん》に乗っ取られ衰亡したのちは、華北の混乱に乗じて自立し秦を建て、今日に至る。

石勒は匈奴の服属民である羯族の出身だった。その家系は羯部のさらに小部族の小帥であったというから、石勒の出発点は、氐族の小部族の小帥であった苻堅の曾祖父《そうそふ》と似たような境遇だったことになる。苻氏の場合、苻堅の祖父であった苻洪の代に氐族の盟主となり自立し、大単于《だいぜんう》と三秦王を称した。その三男で苻堅の伯父でもある苻《ふ》る。健《けん》が父の跡を継ぎ、長安を攻め落とし、この翌年には天王に即位して大秦《だいしん》を建国する。

一小部族の小帥から一国の王となるのに、苻氏が三代かけたところを、石勒は一代で成し遂げたのだ。しかも、石勒は飢饉によって配下の部族ごと逃散《ちょうさん》したために、小帥から奴隷に身を落とし、盗賊に転身して傭兵《ようへい》稼業、そして挙兵し各地を転戦して領土を広げ、ついに皇帝の位に登りつめた。

漢族ではない人間が、社会のどん底から自力で這い上がり、華北を統一したのだから、英雄視されてしかるべきであったが、その祖先の由来の曖昧な生まれの低さと、粗暴に過ぎる後継者のためか、石勒の声望はあまり高くない。しかも、読み書きはできなかったというから、自ら何かを書き残すことなどできなかったはずだ。

そこまで知識として学んできた至近の歴史を思い返した苻堅は、しかし、と考え直す。粗暴で短気であったために、怒りにまかせて臣下を殺してしまうとも伝えられていた石勒であったが、城下に太学《たいがく》や小学を設置し、学問を奨励したのも事実であった。そこでは胡人と漢人の区別なく教育を受けさせ、優秀な者は官府に登用させた。救荒対策にも熱心で、内政に力を注いでいたという評価は高く、文化事業にも取り組んでいたはずであった。ならば、国記も編纂していたかもしれない。

ただ、石勒の統治を引き継いだのが、貪欲さと残虐非道で畏れられた甥の石虎であったから、文化事業が継続され完成したかどうかは怪しい。石虎は叔父の血統を絶やして自ら皇帝を称した。戦争で征服した諸国から掻き集めた富を宮殿の造営に注ぎ込み、女と酒に淫して国政を顧みない男だった。

祖父の苻洪は当時、石虎に仕えていたことから、その為人《ひととなり》は祖父や父の苻雄《ふゆう》からも聞いていた。祖父と父が石虎と謁見した場に、苻堅も従ったこともある。

そのとき苻堅が目にした石虎の威圧的な容貌には、荒淫のためにすでに死相が忍び寄っていた。いまにして思えば、粗暴で死にかけた老人でしかなかったのだが、当時は翠鱗と変わらぬ幼い子どもであった苻堅は、畏怖と恐怖で伏せた顔を上げることもできなかった。

「融和の志、か」

ずっしりと中身の詰まった果実を呑み込んだような胃の腑の感覚をまぎらわすため、苻堅は口の中でつぶやいた。

「文玉《ぶんぎょく》様は、戦に行くところなの？」

考えに沈み、会話が途絶えたところに、苻堅がまた口を開いたと思った翠鱗が話しかける。苻堅は翠鱗の問いに意表を突かれて、苦笑しつつ問い返す。

「出陣に見えるか」

「武装したたくさんの兵士が将軍様と進んでいたから、そうなのかな、って」

「あながち間違いではないが、出陣というほどのものではない。私のような肩書きを授かったばかりの若輩者が、戦の采配を任されるはずがない」

「じゃあ、どうしてこんな大勢の兵を連れているの？」

「秦はできたばかりの国で、趙は滅んだばかりの国だ。そしてこのふたつの国は境を接している。趙を乗っ取った冉閔《ぜんびん》の権威は、魏の都である鄴《ぎょう》の周辺にしか及ばない。冉閔に従わぬ文武の官は亡命を望み、内乱に逐《お》われた人々は難を避けて、より秩序が保たれ、食糧の確保された我が国へ逃げ込んでいる。私の役目はそうした難民を収容し、さらにこの機に乗じて無辜《むこ》の民から掠奪を働く賊徒を掃滅することだ。そのために、こうして境界を見回っている」

　苻堅はこのとき初めて、年相応の少年らしい笑顔を見せた。

「なりたて将軍にとっては、もらいたての軍隊を動かすのに、ちょうどいい実地訓練であろう？」

「訓練なら、怖くない？」

　賊徒の掃滅と聞いて、翠鱗は怖くなって訊ねた。

「『実地』と言っただろう？　大規模な戦闘はないだろうが、趙の残党や盗賊の集団は本物だ。危険は伴う。私は怖くはないが、戦闘になったときは翠鱗には護衛をつけてやろう」

翠鱗は人間同士が戦うところを何度か見たことがある。耳のいい朱厭が暴力や流血を伴う争いを察知すると、すぐに避難なり隠れるなりするので、実際に巻き込まれたことはない。とはいえ、遠目に見聞きするだけでも、鱗の逆立つような殺気と暴力は身震いするほど恐ろしいものであった。

この清々《すがすが》しくも凜々しい少年も、剣を帯び兵を率いているということは、同じ人間を傷つけ、殺《あや》めることをためらわないのだろうか。

そうしたことを想像するだけで、この少年に恐ろしさを感じ、逃げたい心持ちになるはずなのに、翠鱗はなぜかそうしたくないという気分にも満たされていた。

──たぶん、この白い靄《もや》のような暈《かさ》のせいだ──

苻堅の前鞍に乗せられてから、翠鱗は人間体を維持することの疲れが溜まってこないことに驚いていた。午前中はいまにも体が溶けそうな疲れのために、林に逃げ込んだのだが、午後にはそんな疲れをまったく感じない。この苻堅をとりまく、月暈《げつうん》や日暈にも似た、ときおり紫の彩《いろどり》の揺らぐ白い暈の内側にいると、不思議と霊力が安定するような気がするのだ。

翠鱗は前鞍の端を握りしめていた手を片方だけ放し、光の輪へと伸ばした。霧や靄であれば、微細な水の冷たさを感じたかもしれないが、淡く光る暈に実体はないようで、触れることはできず、温かさも冷たさも感じない。

「どうした？」

馬の鬣を摑もうとする翠鱗の仕草に、苻堅がいぶかしげに訊ねる。

翠鱗ははっと我に返って手を引っ込めた。

「なんでも、ないです」

洛陽を南岸に望む黄河の北岸から、平陽《へいよう》にかけての巡邏《じゅんら》を往復して、苻堅は散発的な戦闘をこなしつつ、趙からの難民や亡命者を受け入れ、食糧を与えて長安へと送り出す。難民だけではなく、投降してくる趙兵には、胡人が多い。また、生粋の漢人でありながらも濃い顔立ちのために、冉閔《ぜんびん》の虐殺から逃れてきた者が少なくない。

こうした難民や投降兵、亡命官人を受け入れるたびに、苻堅は自ら進み出て歓迎の意を表した。国を追われた者たちは、将軍と名乗るには成人にはるかに満たない異民族の少年に驚き、屈託のない笑顔に目を奪われる。

苻堅は胡人や漢人を分け隔てすることなく、あるいは匈奴鮮卑といった五胡《ごこ》の区別なく、着の身着のままで故地より逃れてきた人々に接する。身分についても、老人や幼子を抱えた女人、路頭に迷う庶人には励ましの声をかけて衣食を施し、名のある文武の官であったと思われる人物には名を訊ね、陣営に招いて話を聞いた。

長児《ちょうじ》を助け苻堅の近侍として役割を果たすでもなく、翠鱗は話し相手以上のこともせずに三日を過ごした。

その夕刻、野営地で日暮れどきの空を見上げていた翠鱗は、東から赤い光跡が天穹を横切るのを見つけた。

「一角麒だ」

近くにいた苻堅や長児、護衛兵らの存在を即座に忘れた翠鱗は、ぴょんと立ち上がって、駆け出した。

「翠鱗!?」

苻堅が叫び、長児があとを追う。背が高く脚の長い長児であったが、あっという間に引き離された。

「ちびのくせに、なんていう足の速さだ」と、長児は息を切らして毒づいた。地面は平らではなく、草に隠れた段差や亀裂、土から顔を出す石や木の根などに足を取られがちにもなり、長児は走ることをあきらめて歩き始めた。

その長児のあとを、馬蹄《ばてい》の音が追いつき、追い抜いた。馬を駆る苻堅の背が、たちまち遠ざかってゆく。

「苻郎《ふろう》！」

「長児は戻れ」

苻堅の声だけが背後に残される。

「おひとりでは危ないです」

長児の叫びは、さらに追いかけてきた数騎の蹄の音にかき消された。苻堅の護衛が三騎、こちらもあっという間に苻堅を追って駆け去る。長児は腰を折って膝に手をつき、荒い息を整えた。

野営地が背後に見えなくなるまで馬を駆けさせた苻堅が、ようやく翠鱗の背を視界に捉えた。苻堅は上下に揺れる翠鱗の小さな頭の向こうに、もうひとつの人影を目にした。そちらに気を取られたのは一瞬で、苻堅はすぐに翠鱗へと視線を戻した。

しかし、あたりは夕焼けに染まる草原が風にそよぐばかりで、翠鱗の後ろ姿はどこにも見えない。

「翠鱗？　どこへ行った」

草の根か石ころにつまずき、転んで草の間に隠れてしまったかと思い、苻堅は目を凝らした。黄昏《たそがれ》どきの薄明るさでは、風に揺れる丈高い草の波ばかりが視界を埋める。

「翠鱗！」

翠鱗を見失ったあたりで馬を止め、乗馬笞《むち》で草を払い、翠鱗の名を呼ぶ。子どもの後ろ姿の代わりに、地を這う小さな生き物が逃げるときのように、草だけがさがさと揺れた。その不規則だが一直線に進む動きは、先ほど認めた人影へと至った。

背の高いその人物は、風に靡《なび》く赤い頭巾と、赤い胡服をまとっているようだ。翠鱗を見失ったまま、苻堅はどちらの方角へ進んだものかと迷う。すると、赤い衣の人物が一瞬だけ視界から消え、また現れた。何の怪異かと疑った苻堅だが、赤衣の人物は何かを拾い上げるためにしゃがみこんで、立ち上がっただけのようだ。

苻堅は丸腰に見える赤衣の人物へと馬を進めた。

赤い胡服を着た青年であった。ゆるく巻いた頭巾と見えたのは、青年の赤金色の髪が、夕刻の風に靡いていたものだ。緑色の、大きな革袋を抱えている。

「すまない。七つくらいの子どもが走ってくるのを見なかっただろうか」

「見ませんでした」

丸腰の軽装であるにもかかわらず、甲冑に騎馬の武人に声をかけられても、青年は驚いたようすも、怖れた表情も見せず平然と応える。苻堅は自分が若すぎて威厳が足りないからだろうと下唇を嚙んだ。

「確かにこっちへ走ってきたのを見たのだが」

苻堅は目を細めて、青年の抱える緑色の革袋を見つめた。

「その袋を検《あらた》めさせてもらえるだろうか」

青年は薄く微笑を浮かべた。

「私を人攫いと疑っておられますか」

そう言いつつ、青年は袋を差し出した。近づいてよく見ればそれは袋ではなく、硬くなめした革の塊のようなものだ。深く鮮やかな翡翠色が美しい光沢を放っているが、表面は不規則にごつごつとしていて、あるいは石化した樹幹のようでもある。大きさからして、七歳前後の小さな子どもが詰め込まれている気配はない。

「これは、何か?」

「孔雀石《くじやくいし》と扁青《へんせい》、石肝《せきたん》、蠟石《ろうせき》などが球顆状《きゆうかじよう》に固まった、鉱物の一種です。生薬の材料となるものです」

場違いなやりとりに、苻堅は黄昏時の妖魔に化かされているような気がしてきた。鉱石がぐにゃりと動いて、四肢が伸びたようにも見えたからだ。

苻堅は、はっとして我に返り、顔を上げた。青年の顔を正面から見つめる。琥珀色《こはくいろ》の瞳が、苻堅を見つめ返した。

「そなたは、ここで何をしているのだ」

苻堅の問いに、青年は微笑《ほほえ》んで答える。

「家に帰るところです」

山の麓に広がる草原のどこを見渡しても、家も町も見えはしない。

「私は――」

苻堅はこんな草原の真ん中にひとり、見知らぬ青年と向かい合っている理由が思い出せない。

「――私はこんなところで何をしているのだ？」

赤毛の青年はにこりと笑った。

「将軍は宵の口の遠駆けをなさっているようにお見受けします。若い馬は夕刻になると気が逸《はや》りますから、人馬とも己を解放して無心になって走るには、よい時間帯です。しかし、少し遠くまで来すぎたようです。ほら、お付きの方々が追いついてこられましたよ」

青年の指差す方向へと首を巡らすと、数騎の護衛がこちらへやってくる。

「それで、そなたは――そなたの名は？」

それだけは訊いておかなくてはならないような気がして、苻堅は問いを重ねた。

「一角」

聞き覚えのある名前であった。それも、つい最近聞いたばかりの名だ。誰から聞いたのかは思い出せない。だが、その名を持つ人物に、とても大事なことを訊かねばならなかった気がする。何を訊くつもりであったろうか。

「それは字《あざな》であろう。姓名を名乗ってはくれないか」

一角は口元に困ったような微笑を湛《たた》えた。

「我々は姓名を持たないのですが。人の世にあったとき、かつて生死をともにした友の姓を借りて石麒《せきき》と呼ばれていたことはあります。それでは」

一角が手を振ると、手綱を操る前から苻堅の馬が首を返して、護衛たちへと蹄を踏み出す。

「ありがとう。龍驤将軍《りゅうじょうしょうぐん》」

一角の声が苻堅の背を叩く。何に対して礼を言われたのかと考えるうちに、苻堅の愛馬は軽い足取りで元来た方角へと歩き始める。そして、自分が名乗った覚えがないのに、なぜあの赤毛の青年が、自分が将軍であることを知っていたのかと、一瞬だけ疑問に思った。

まして自国の将兵でない者は、十代の少年に過ぎないかれを将軍であるとは、なかなか信じはしないものだ。

だが、追いついてきた護衛たちに囲まれたときには、気まぐれにひとりで宵の遠駆けに出かけてしまったことを、護衛たちに詫《わ》びていた。緑色の瞳をした子どものことも、一角と名乗った赤毛の青年のことも、すっぽりと記憶から抜け去ってしまっていた。

心配そうに待ちわびて迎えてくれた長児に「翠鱗は見つかりましたか」と訊かれても、「翠鱗？　なんのことだ？　日没前の遠駆けをしてきただけだ」と不思議そうに訊き返す。

長児は混乱した面持ちで口を開いたが、いつものように遠駆けを楽しんで汗をかき、すっきりした主人の表情を見て口を閉じた。

釈然とせず、翠鱗が走り去った方向へと振り返った長児は、何気なく空を見上げた。中天から西南の方角へと、赤い流星が横切るのが見えた。

星が流れるのは吉兆か否か。

そんなことを考えながら、長児は主人のあとを追いかけた。

翠鱗は宙を駆ける一角麒の鬣にしがみついて、はるか下の地上に広がる苻堅軍の野営を見下ろす。無数の焚き火《たび》や篝火が、地上に落ちた星のようだと翠鱗は思った。

「よかった。このまま朱厭にも一角麒にも会えなかったら、どうなるのかと思ってた」

翠鱗は鼻先を鬣にこすりつけて訴え、そして礼を言った。

「見つけてくれてありがとう」

「戻るのが遅くなって申し訳なかったね。人捜しに手間取ったのと、内乱が思った以上に激しくて、体調を崩して動きが取れなくなってしまった。心配させてごめん」

「戦があったって、文玉が言っていたけど——」

一角麒は殺生を厭《いと》う。通りすがりの獣の自然な死をも哀《かな》しみ、心を痛める性質である。自分の蹄でうっかり虫を踏み潰してしまうことも耐えがたいらしく、ひどく落ち込むところを翠鱗は何度か見かけたことがある。そのこともあって、虫や肉は翠鱗の大好物なのだが、一角麒の目の前で小さな生き物を捕食するところを、なるべく見せないようにしている。

山中の無数の生き物の死でさえ、つらく感じる一角麒は、人間が互いに殺し合い、血を流し、死体が積み重なる場に出くわしたときは、重い病に罹ったかのように寝込んでしまう。高熱を出し、引きつけを起こしたり、水を飲ませても吐き続けたりと、身動きすらできなくなってしまうのだ。

人界をゆくときは、戦や暴動のある場所はできる限り迂回《うかい》するようにしてきたが、ときに悲惨な場に遭遇してしまうことは避けられない。

「戦、というか冉閔《ぜんびん》という人間が、すべての羯族と胡人を殺せと命令を下したために、鄴でも襄国《じょうこく》でも、一方的な虐殺が行われていたんだよ。都市も山野も、どこもかしこも死体と血の海で、十万かその倍の胡人が殺されていった。そういうのを目の当たりにしただけで霊力を削り取られて、動くことも難しくなっているところへ、山林に隠れてやり過ごそうにも、追われる者たちは山に逃げ込み、冉魏《ぜんぎ》の兵隊は大規模な山狩りをかけて、逃亡者たちを炙り出そうとする。人に変化しても、髪の色で胡人と思われて狙われるし、麒麟体では目立ちすぎる。馬や鹿のふりをすればそれはそれで鹵獲《ろかく》や狩りの対象として、追う人間と追われる人間の両方から狙われる。それで、しばらくは隠れた場所から身動きもできなかったんだ。心配をかけたね」

「朱厭は？　朱厭とは会えた？」

「うん。朱厭はぼくの頼みごとを終えたら、あとで合流してくる」

「そう。よかった。朱厭は、一角麒は時間のかかる用事を片付けに行ったんだ、って言ってたけど、その用事は終わったの？」

一角は前を向いたまま、わずかに首を下げて横に振った。

「長く放っておいたことが、こまごまとあってね。人界ではまた大乱が広がっているから、いま手をつけなければ、どうにもならなくなってしまうことをいくつか抱えていた。片付いた用もあれば、どうにもならなかった用件もある。まあ、どう考えてもいまさらなんだけど、何もしなければこの先何度も思い返して、できたことがあったんじゃないかと後悔するだろうから——」

夜の帳《とばり》が広がり、一角麒は闇に包まれた地上へと舞い降りた。久しぶりに都市や人里から離れ、灯火ひとつない山野のただ中に立つと、墨を流したような暗さに驚かされる。やがて目が慣れてくると、満天の星明かりでようやく歩を進めるべき街道が見分けられる。

翠鱗は一角麒の背から滑り降り、人の姿をとって地面に降り立った。右手を一角麒の鬣に添えて、ゆったりと歩きだす。

「ごめんね。ここからは歩こう。まだ霊力が回復しきっていなくて、あまり遠くまで飛べないんだ」

「ぼくのために無理をさせた？」

「少しだけね。霊力が足りなければ、無理をしたくてもできない。ぼくは翠鱗に対して責任があるのに、自分の用事だけでいっぱいになってしまったから、できることはやらなくてはね」

欠け始めた月がゆるゆると昇り、周囲はいくらかは明るくなった。翠鱗は夜目の利く方ではないため、月明かりは頼りになる。翠鱗は二本の足でぴょんぴょんと飛び跳ねながら、地面の固さを確かめた。

一角麒が翠鱗の行方を捜し当てたいきさつを語り始める。

「古邸まで戻って、翠鱗が軍隊に連れて行かれたって書き置きを見たときは、とても焦ったよ。筆跡から悪い人じゃなさそうだなとは思った。勘通りでよかった」

「うん。親切な人だった。お肉をいっぱい食べさせてくれた。たくさん話もしてくれた。一角が読んでくれた五帝の話とか、趙の皇帝の話にすごく興味があったみたいだから、一角ともいい話し相手になると思う」

「そういえば、ずいぶんと若い公子だったね」

「姓名は苻堅で、文玉って呼んでくれって」

「氏族の将軍だそうだけど、まだ十五歳くらいにしか見えなかった」

「生まれてから十二年だって。趙が一番大きくなったときに生まれたそうだよ」

「するとまだ十三歳？　十三歳で将軍？」

一角麒は驚いて訊き返した。

「たしかに、体格も物腰も一人前の偉丈夫といって差し支えないほど立派だったけど。十三では成人もしていないだろうに、将軍とは」

「でも、一角の言う聖王の器とか、志について、とても知りたがっていたよ。ねえ。あの人って聖王じゃないの？　一角の石勒は、他の人間には見られない光輝を放っていたんだよね。苻堅も紫がかった白い光に包まれていた。それって、聖王のしるし？　あの人が聖王になるのを助けたら、ぼくも神獣になれるかな」

翠鱗の言葉に、一角麒は苻堅の姿を思い浮かべる。確かに、常人にはない光輝をまとってはいた。だが、石勒のように天を突くほどの強烈な白光でも、劉淵のような数百里もの彼方《かなた》から見分けられたような赤光でもない。

「さあ、どうなんだろう。石勒の事業も虚《むな》しく、華北はまた戦乱の渦に沈んでいくばかりのようだ。平和を呼び戻すには、次の聖王が必要なのは確かだけど、だれがその守護獣に選ばれるかは、西王母の胸ひとつだ。それに——」

一角麒は言いにくそうに口ごもる。

「守護獣としての天命を受けるには、人界にいる間ずっと人の姿を保てるだけの霊力が必要だ。眠っている間も、怪我や病気で意識がなくなってしまったときも、本体に戻らないくらいの霊力がね。翠鱗にはまだ難しいのではないかな。まずは、自力で人界の道を通って、西王母の玉山《ぎょくざん》を見いだすことができなくてはならないよ」

「苻堅といたときは、ずっと人間の形を保てていたよ。野営のときは他の人間と同じ天幕で寝起きしていたけど、眠っている間も蛟には戻らなかったみたいで、誰も騒がなかった。ねえ、文玉の守護獣になれるか、西王母に訊きに行っていい？」

一角麒は長い首を揺らして思案に暮れる。

一人旅に出したり、守護獣として人界で暮らせるほど、翠鱗が成熟しているとはとても思えない。変化したときの姿から推測しても、霊力の安定してくる百歳を超えているとは考え難いのだ。

「翠鱗の気持ちはわかるから、天命を求めることを止めはしない。でも、ぼくは西王母の山へは一緒に行けない。人界の道案内を朱厭に頼むことはできるけど、朱厭は天の九野を映す山を見分けたり、九野の山神がめぐらす結界を解く力はない。それができることが、真に霊獣として生まれたことの証明であり、天命を背負えるかどうかの実力を試されることになる。つまり、翠鱗が自力で昆侖《こんろん》や玉山への入り口を見いださなければならない。そしてその途上には恐ろしい妖獣や鬼神、そしてぼくたちを妖物として狩る人間たちがいる。空を飛べる力が欲しいのはわかるけど、焦って命をかけるほどのことではないと思うよ。百歳を迎えれば、自然と霊気が安定してくる。それからでも遅くない」

一角麒は本心から翠鱗の健やかな成長を考えて、懇々と諭した。翠鱗は耳を傾けているのか、黙って一角麒の歩みに合わせて足を進める。

しかしその翡翠色の瞳は夜空に向けられ、うっすらと暈《かさ》のかかった月をぼんやりと見上げていた。

※　※　※

西洋暦では三五〇年のこの年、洛陽から江南の建康《けんこう》に逃れて亡命政権を樹立していた東晋《とうしん》の暦では永和《えいわ》六年。

同じ年、華北を支配していた石趙（後趙）の暦は、王朝最後の元号となる永寧《えいねい》元年に改元されていた。一度は華北を統一し、盛強を誇った石氏の趙は、残忍な暴君ぶりで歴史に名を残した第三代皇帝石虎の死をもって、急速に崩壊していく。

匈奴の羯族によって建てられ、華北を支配した石氏の趙は、漢人ながらも石虎の養孫であった冉閔《ぜんびん》に簒奪《さんだつ》される。自ら帝位についた冉閔により同じ年に国号を大魏（冉魏）、元号を永興《えいこう》元年と定めた。人口の半分を占める胡人を排斥、虐殺を命じた冉閔に人心は集まらず、石趙の残党と大魏の、互いの身を食いちぎり合うような内戦によって、どちらの政権も瓦解の勢いが止まらない。

趙魏《ちょうぎ》の内乱を自立の好機と捉え、それまで趙に従属していた種々の異民族がそれぞれの国を建て、また長　城《ちょうじょう》の北にあった異民族は南へと侵出を始める。この年に独自の元号を使用していたのは、長城の東北から遼東《りょうとう》へかけては鮮卑慕容《ぼよう》部の燕《えん》（前燕）、長城以北には鮮卑拓跋《たくばつ》部の代《だい》、河西《かせい》回廊に漢族の余勢を保つ涼《りょう》（前涼）、その翌年には氐族苻氏《ていぞくふし》の秦（前秦）が加わる。

夷狄《いてき》や西戎《せいじゅう》と卑しまれてきた胡人が初めて華北を統一し、自らその皇帝の位に就いた羯族の石勒の例を以て、匈奴、鮮卑、羯、羌、氐など、漢人ではない異民族が中原に領土を広げ、雨後の茸《きのこ》のように次々と国を興しては、叩き潰し合う。そこへ雪だるまのように膨れ上がる武装流民集団、地方豪族を中心とした独立勢力が漁夫の利を窺いながら、争い続ける大乱の時代となっていた。

第五章　大秦《だいしん》建国

氐《てい》族の盟主に推された苻洪《ふこう》と苻健《ふけん》の親子は、はじめは劉趙《りゅうちょう》に帰順して封侯され、劉趙が滅ぶと石趙に降伏して石虎《せきこ》に仕え、のちに東晋《とうしん》に帰属を願って官爵を授かることで、強勢な国々の間を泳ぎ渡りつつ力を蓄えてきた。

苻洪は冉閔《ぜんびん》の乱に乗じて自立し、大単于《だいぜんう》と三秦王を自称して天下を取る意志を明らかにしたが、同じ年に暗殺された。享年六十六。父のあとを継いだのは三男の苻健で、長安に拠《よ》って勢力を保っていた豪族を攻略して敗走せしめた。

西暦三五一年一月、苻健は長安にて国号を大秦と定め、自ら天王と大単于に即位し、皇始《こうし》元年と独自の元号を定めた。

十四歳の苻堅《ふけん》は誇りに胸を膨らませて、伯父にあたる苻健の即位式に参列していた。

苻堅の隣には庶長兄の清河公《せいかこう》苻法《ふほう》、その隣に父親の東海公苻雄《ふゆう》が並ぶ。

儀礼を終えて宴《うたげ》の席に移ると、苻健は弟の苻雄をかたわらに招き、杯を賜った。

苻健の関中《かんちゅう》掌握と長安の制圧は、苻雄の軍才と功績なしには成し得ない遺業であったことを、国主である苻健が自ら讃《たた》えた。丞相《じょうしょう》と都督《ととく》中外諸軍事、車騎《しゃき》大将軍に任じ、国政と軍事の両面から天王・大単于である自分を補佐するように命じ、さらに河西回廊への要地である領雍州刺史《りょうようしゅうしし》に任命した。

父の業績が高く評価され、伯父の口から「弟は佐命の元勲《げんくん》である」と百官の前で称されるのを聞くのも、苻堅にとってはこの上ない誉れであった。天王苻健は、歓喜の笑みを緊張で抑えつける甥の苻堅も側に招き、杯を勧める。

「そなたに龍驤将軍の官職を授けたときのことを覚えているか」

伯父の問いに、苻堅は「覚えております」と明瞭に答える。

「龍驤将軍は、お祖父様が趙帝より受け、伯父上が夢で神明より拝受した官号。護国の柱となるため、努力邁進《まいしん》いたします」

苻健は嫡子の苻萇《ふちょう》を招き、苻堅と並べて薫陶を垂れる。

「雄がわしにとっての佐命であるように、堅も秦の社稷《しゃしょく》を盤石なものとするよう、萇を支えてやってくれ」

この日、天王皇太子に立てられた苻萇は、聡明《そうめい》で知られた若年の従弟に微笑みかけ、杯を交わした。

苻健には苻萇を頭に十二人の息子がいたが、齢わずか十四歳であった苻堅に龍驤将軍の官職を授けるほどに、この甥を高く評価していた。

その理由は、漢族から見て、氐族が異類と蔑まれる戎狄《じゅうてき》の出身であること、その民族性が勇猛なばかりで酒食に溺れる無徳の民であることを、自他ともに認めている現状において、苻堅が八歳で自発的に学問を志したことにあった。

そして、周囲の期待に違《たが》わず、生まれつきの聡明さに加えて、日々の努力と精進を惜しまぬ苻堅の才華は、十代にして博識と才芸の豊かさでは一門の子息の中では群を抜いていた。

それでいて、おのれの才能や有識をひけらかすようなところは苻堅にはなかった。宗家の子弟らには謙虚に振る舞い、庶長兄の苻法を立て、手柄を抜け駆けするような才走ったこともない。父苻雄の勇猛果敢さと、兵学への造詣の深さ、かつ政治にも有能でありながら長上には恭順な人柄と、法を尊重する姿勢を手本とし、一族の序列よりでしゃばることもしなかった。

酒食が行き渡り、余興に招かれた西域風の伶人《れいじん》や舞人らに、宴はたけなわとなる。

この日、苻萇の立太子に伴い封公された宗家の子弟たちに囲まれて、苻堅と兄の苻法は、前年の長安と関中の覇権をかけた戦いについて語り合った。苻健と苻雄が戦って敗走させたのは、趙の旧軍人で冉閔《ぜんびん》の乱に乗じて長安を占拠し、自立を目指した杜《と》洪《こう》という人物であった。もとは関中の豪族だという。

苻萇は杜洪の敗因について苻堅に意見を求めた。

「わたしは出陣に加えていただけなかったので、伝聞でしか戦況を知らず、充分な分析もできかねます。知り得た範囲で思うことは、我が軍の団結と士気の高さ、戦略の巧みさに対して、杜洪側の紐帯《ちゅうたい》の弱さと士気の低さもまた、我らの有利に働いたかと。我らの進軍を知って真っ先に降伏したのが、杜洪の弟と聞いています」

苻家の男子らで出陣を許されなかった者たちは、興味津々で聞き耳を立て、聞き囓りの情報とそれに基づく持論を述べてみる。

「あ、菁《せい》兄がこちらに。お話を伺いましょう」

苻堅は苻萇を促して、長安攻略に参戦した従兄の苻菁を歓談に誘わせる。揚武《ようぶ》将軍の苻菁は、叔父の苻雄に従って西進した公子のひとりだ。別働隊を率いて関中へと進軍し、数多くの城砦《じょうさい》を落とし、敵の将軍を捕らえ、諸城を降伏させた。それらの功績によって苻菁はこの日、衛《えい》大将軍に昇進し、平昌公《へいしょうこう》に封じられた。

公子たちの輪に加わるよう、皇太子に丁重に招かれた苻菁は、角張った顎に精悍《せいかん》な笑みを広げて、いまだ頬の滑らかな少年たちが大半を占める座に腰を下ろした。すでに二十代の半ばと、公子らの中では心身とも成熟し、実戦を重ねて貫禄《かんろく》も備えた苻菁は、仔虎《ことら》の群れを引率する若虎といった風情だ。

武を貴ぶ国風に加えて、苻萇や苻堅の世代ではもっとも輝かしい軍功を挙げたこともあり、若年の公子らは憧れの眼差しで苻菁を見上げ、かれの話を聞きたがる。

苻堅が進み出て苻菁に杯を手渡し、兄の苻法が瓶子《へいし》を傾ける。

苻菁は豪快に杯を干すと、戦勝の秘訣《ひけつ》を問われて答えた。

「おれは雄叔父上と軍師の立てた作戦通りに、軍を進めただけだ」

まず最初の戦闘が繰り広げられた潼関《どうかん》の戦いについて、苻菁は身振りも交えて語った。

北から南へと流れる黄河が、秦嶺山脈《しんれいさんみゃく》の華山に衝《つ》き当たって渭水《いすい》と合流し、東へと屈曲する潼関の地は、古来より交通の要衝であり、長安と関中を目指す軍事の要地であった。地形は険しく、苻雄と苻菁はそれぞれ黄河の北岸と南岸に分かれて大軍を関中へ進めた。叔父と甥は進軍にあたって、移動に失敗すれば黄泉《よみ》での再会となることを約して戦いに臨んだ。

この作戦には撤退の二文字はないことを兵卒に知らしめるため、渡河を終えると橋を焼き落とした。待ち伏せしていた敵の軍勢と戦ってこれを破り、怒濤《どとう》の勢いで長安へと、黄河の奔流のごとき勢いで進軍した。

劇的な語り口と豊かな表情、勢いのある苻菁の弁舌に、公子らは興奮に目を輝かせて、一族の若き英雄の話に聞き入った。

苻堅は戦闘の激しさや手柄自慢にはさほど興味がなかったが、意見も感想も差し挟まず、場の雰囲気に合わせて耳を傾ける。

父の雄が立て、伯父の健が採用した謀略が、敵将の弟や部下の結束に綻びを作り出して離反者や逃亡者を誘い、羌族《きょうぞく》といった強きに靡く周辺の勢力を、ことごとくこちらの傘下に寝返らせることに成功したことは、父の部下から聞かされていた。

それでも、先陣に立って敵を薙《な》ぎ倒《たお》していく苻菁の話は面白かった。

周りの雰囲気に乗って酒を過ごしたと思った苻堅が、給仕に白湯《さゆ》を頼もうと顔を上げたときだ。父が自分に退出の合図を送っていることに気づいた。かなり夜も更けたもようだ。兄の苻法と一緒に、皇太子と苻菁に暇《いとま》を告げて立ち上がる。

苻堅と兄は車座に固まっている公子らから離れて、父のところへと並んで歩き始める。床には杯や瓶子が転がっていたり、膳が動かされていたりと、広間は歩きにくい。酔っ払って両手を振り回しながら大声で話す者もいて、かれらを避けつつ歩くのは、簡単ではなかった。

苻堅は兄としゃべりつつ足下に注意して広間を横切っていたせいで、ほろ酔い気味にこちらへ歩いてくる人物に気づくのが遅れた。視界の隅に気配は感じていたのだが、ぶつかるほど近い距離ではないと判断していた。避けられないと気づいたときはすでに遅かった。

自分よりも体格のよい男とぶつかった勢いで苻堅はよろけた。とっさに兄に支えられて何事もなく立ち直る。しかし相手は酒に酔っていたせいもあり、みっともなくたたらを踏んで持ちこたえた。

「きさま、どこを見て歩いている！」

罵声を吐きかけられて初めて相手の顔を見た苻堅は、視界の隅に認めたときに、その正体を確認しておかなかったことを後悔した。

苻健の三男で、淮南公《わいなんこう》に封じられた苻生《ふせい》だ。字を長生《ちょうせい》という。

「すみません。長生兄」

そういえば、苻生は歓談の輪にいなかった。ひとりで酒を飲んでいたのだろうか。

苻生はひどく不機嫌な声を上げ、大げさにこちらへ顔を向けて拳を握る。

「文玉《ぶんぎょく》か。おれの方が神童様に道を譲るべきと思って、わざとぶつかってきたのか。

あ？　それとも、おれには見えないだろうと、恥をかかせるつもりだったか」

広間の皇族や臣下の注目が集まる。まずい相手にからまれてしまったな、と苻堅は下唇を噛む。

苻堅より三歳年上の苻生は、生まれつき片方の目がない。そのことを指摘されると手のつけられない癇癪《かんしゃく》を起こす。孫の粗暴な性格を案じた祖父の苻洪が、早いうちに苻生を取り除くべきと考えていたほど、幼いときから乱暴で反抗的な従兄であった。

天王の苻健がじきじきに采配して皇太子と杯を交わしたことで、宴の注目を浴びた苻堅に、いやがらせをするためにからんできたのだろうか。

苻生の比類のない勇猛さは、武を重んじる一門の男子としては賞賛されるべきではあったが、酒癖の悪さにもまた定評があった。粗暴な性格で家中から嫌われていただけではなく、常人離れした膂力《りょりょく》と残酷さでも怖れられていた。怪力は猛獣を素手でねじ伏せ、殺生を好み武器を巧みに使いこなす。隻眼の不利など存在しないかのように、騎射の腕は公子らの誰よりも優れていた。

苻堅は腰を低くして無礼を詫びる。

「いえ、ちょっと酒に酔ってしまって、足下が不如意でした」

「いくらか文字が読めるからといって、思い上がっているのだろう」

いいがかりが止まらない。いまにも苻堅に摑みかかってきそうな苻生の勢いに、苻法が弟を庇《かば》うように前に出た。

「我らの粗忽《そこつ》さをどうかお許しいただきたい。夜も更け、みな酒を過ごして、注意不足になっているのです。誰に恥をかかせようなどということはありません」

苻法がことさら丁寧に詫びる。苛立《いらだ》ちと憎しみさえ湛えた、苻生のせり出し気味の一つ目が、苻法と苻堅の異母兄弟をにらみ据えた。

皇太子の苻萇とは同腹の兄弟であるにもかかわらず、一族の鼻つまみ者になっている苻生のことだ。腹違いでありながら仲の睦《むつ》まじい法と堅の兄弟に、嫉妬を抱えているのかもしれない。

「阿法《あほう》にそのような気取った言い回しができるのだ。酔っ払っているというほどでもなかろう。このおれにしても、多少は兵書を読んでいるぞ、賢才を讃えられる龍驤将軍にご教授などお願いしたい」

苻法を幼名で呼びながらも、表情に気安さはない。酒臭い息を吐き、顔を近づけてくる。一筋の刀創痕で歪《ゆが》んだ見えない方のまぶたが、酷薄な笑みに凄《すご》みを加えている。気の弱い婦女子であれば、怯えて失神してしまうかもしれない。

この傷痕は、苻生が幼かったときに、祖父の苻洪が戯れに『片目の小僧は片方しか涙が流れないそうだな』と揶揄《やゆ》したとき、自らの刀で傷つけて血を流し、『これもまた涙だ』と言い張ったときのものだ。一族の絶対者として君臨する祖父に真っ向から口答えをする、苻生の剛直な気性を語る逸話として、一族では知らない者はいない。

苻堅は七つのときから祖父の側近くに仕えて、その挙措を学んでいたので、祖父が苻生のことを嫌っていたことをよく知っている。苻生にして見れば、祖父に嫌われた理由は、生まれつきの隻眼を欠けたる者として卑しむ、理不尽なものであったろう。そして祖父が名をつけ、その才を愛して常に側に置く従弟の苻堅の存在は、非常に目障りであったに違いない。

苻法と苻堅が、騒ぎを起こさずこの場を去る方法を思案していると、ふたりの背後から落ち着いた声をかける者がいた。

「淮南公。愚息らの無礼な振る舞いをお許しいただきたい」

ふたりの父、苻雄であった。苻生は片方の眼球をぐるりと叔父へ向けると、口の端を歪めて笑った。

「無礼だなどと思わぬ。みながおれを無頼の乱暴者だと避けて通るのだが、おれだって読書はする。最近学んだ兵法を論じるのに、見識に優れた文玉の意見を聞きたいと思ったから声をかけただけのこと」

だったら何もぶつかってくる必要などない。頭の上がらない叔父をやり過ごすために、もっともらしい口実をとっさに思いついただけのことだろう。

「では、双方が素面《しらふ》のときにでも、席を設けましょう。我が氏族《てい》は四方を異民族に囲まれ、常に軍事に備えなくてはならない。とはいえ、勇猛さだけでは生き残ることは叶いません。若い世代が兵法について語り合うのは、大いに奨励されるべきこと」

いくつもの戦場を生き抜いた、革のように固く引き締まった苻雄の頰に、鷹揚《おうよう》な笑みが浮かんだ。

「氏《し》族の結束が、この乱世を生き残る唯一の道です。一族の若者たちが互いに語り合う時間を惜しむべきではないが、今宵《こよい》はすでに遅い。また、日を改めて」

法と堅は父の両側に並び、無言で退出の礼を取った。苻生もまた黙って、長上に対する礼を取る。

傍若無人な苻生だが、叔父の苻雄にだけは逆らわない。苻雄は父親の苻健でさえ持て余しているこの三男を制御できる、唯一の人間であったかもしれない。

王宮を退いて、盗み聞きされる心配のないあたりまで来たとき、苻法は苛立たしげに吐き捨てた。

「長生のやつ、ますます横暴で扱いづらくなってきた」

苻堅は兄の愚痴には応じず、同時に父の表情を横目で窺った。父も弟も黙っているので、苻法はさらに言い募った。

「あいつがお祖父様を怒らせたときに、殺されていればよかったのに。猛獣を倒せる怪力があったって、謀略で敵を打ち負かす頭はなさそうです。勝算を立てずに力押しで戦って、いたずらに兵を死なせるだけの無能な将になるのは自明の理」

皇太子の萇は戦陣にあっては勇猛だが、平時は穏健で人の言葉に耳を傾ける。苻堅が抱いている国造りの理想について、語り合える度量を具えているから、未来の君主として仰ぐことに不足はない。

だが、万にひとつの巡り合わせによって、苻生の治世で臣下を務めるようなことになったら、自分の志を実現させることは、不可能に思える。

「兄さん」

苻堅は小声で兄を窘《たしな》める。

幼い日に、祖父に隻眼をからかわれた苻生が、平然と自分の目を傷つけて口答えをしたことは、苻洪を激怒させた。その僭越《せんえつ》な口を懲らしめるために笞で打たせたが、苻生はおとなしく反省などしなかった。むしろ、奴隷のように笞で打たれたことに憤って口答えを重ね、さらに祖父を怒らせた。

苻洪の側に控えていることの多かった苻堅は、この騒ぎにも居合わせていた。祖父と従兄のやりとりもよく覚えている。

「長生兄は賢いですよ。頭の回転も速い」

苻堅は祖父と従兄の口論を思い出して、兄に告げた。

笞を打たれてもへこたれなかった苻生に、祖父は口答えを止《や》めなければ、奴隷の身分に落とすと脅した。嫡流の男子にとって、公子の身分から奴隷に落とされるなど、これ以上の屈辱はない。だが、苻生は何十と笞を打たれても昂然《こうぜん》と頭を上げて『石勒《せきろく》には及ばないかもしれませんが』とうそぶいた。

その言葉を耳にした途端、祖父は孫を蹴り飛ばし、横ざまに倒れた苻生の口を踏みつけて激しく罵った。

当時の苻堅は学問を始めて間もなく、直近の歴史については詳しくなかったため、苻生の言葉の何が祖父を激高させ、息子に孫を殺せとまで命じたのか、理解できなかった。

苻堅はむしろ、祖父の目に怖れと焦りを見たようにも思えた。

その後、苻堅は書庫に閉じこもって、石勒について綴《つづ》られた書物を引き出して読んだ。そして祖父が孫の放言に戦慄した理由を理解した。

苻生は自分自身と、奴隷から身を起こして華北を統一し、皇帝の座に就いた石勒とを、同一に置いたのだ。宗家の男子といっても三男である。上に兄がふたりもいるというのに、『おれは皇帝になりますよ』と断言したようなものだ。しかも、この祖父と孫の騒動は、苻家が趙に従属する一軍臣に過ぎなかった当時のことで、未開の西戎《せいじゅう》と見做されていた氐族の苻氏が、一国を興せるかどうかなどと、誰にも予見できなかったときだ。

晋が崩壊し、趙が滅び、ふたたび乱世の時代へと突き進む華北において、多少の兵力を持ち合わせる梟雄《きょうゆう》であれば、誰もが一国の王となり皇帝となる希望を胸に抱いていた。匈奴《きょうど》の服属民であった羯《けつ》族の奴隷にできたことが、氐族の盟主たる苻洪にできない理由がない。氐族の国を華北に打ち立て、天下を治めることは、一族の暗黙の悲願となっていた。

野心を明らかにするのが賢明かどうかはともかく、公子の身分を剝奪されようという状況にあって、故事を引き合いに出して祖父を言い負かせるだけの苻生の知恵と胆力、そして冷徹さには疑いがない。

祖父が息子に孫を殺すように命じたのは、苻生の抱える性格と身体《からだ》の欠損に対する個人的な嫌悪や、その場の理不尽な怒りと恐怖に駆られたからではない。自らを石勒になぞらえる傲慢さと、宗主の自分に刃向かう苻生の強情さが、必ず一族を滅ぼすであろうと直感したからであった。

苻健は父の命令に従い、息子を殺そうとした。だが弟の苻雄が、まだ幼いうちから欠点だけを決めつけてはならないと兄を諫《いさ》めて、苻生の命を救った。

「おとなになれば落ち着くと思ったのだがな」

口中に渋味を堪《こら》えているような顔で、苻雄は長男の苻法に応じた。

「おとなになっても粗暴が収まるどころか、酒を覚えてからは、ますます手がつけられなくなってきました」

父の消極的な賛同に乗って、苻法はさらに従兄弟《いとこ》の悪口を続ける。

「石勒どころか、あいつは石虎ですよ。父上の兼愛主義も、相手によりけりです」

叔父の建てた趙を乗っ取り、衰亡に導いた暴君の名を引き合いに出す。石虎もまた、幼いときにその凶暴さを危ぶまれ、災いをもたらさぬ内に殺すべきと、石一族を悩ませた傑物であった。石虎の命を救ったのは、彼を養育した石勒の実母で、まさに苻雄が苻健を諫めたときと同じ理屈を説いたのだ。

苻雄は嘆息して長男を宥《なだ》める。

「石勒には直近の親族の数が少なかったのが、趙を衰えさせた原因だ。皇太子の宏《こう》は気が弱く、頼りになる兄弟はいなかった。すでに宰相としても大将軍としても強大な実権を握っていた石虎に、対抗できる力を持たなかった。いっぽう我が大秦においては優れた公子が大勢いる。互いに切磋《せっさ》琢磨《たくま》して、皇太子を中心に結束すれば、一公子が石虎のように突出して、一国を我が物として牛耳り、富と権力をむさぼるというようなことは起きないだろう。当面は、わしが長生の頭を押さえて、増長することのないよう目を光らせておく」

兄弟は父親に諄々《じゅんじゅん》と諭され、それ以上は従兄弟を誹《そし》ることをやめた。

ただ苻堅は、苻生が玉座につく可能性が、決して低くはないことに不安を覚える。

苻生の前には、兄がふたりいるだけだ。そして苻健もまた三男でありながら、二人の兄の早世によって嫡子となり、ついに天王の位に就いたのだから。

隻眼の従兄が至尊の位に就く日の来ないことを、苻堅は天に祈った。

次の年が明け、苻健は未央宮《びおうきゅう》の大極前殿において自ら皇帝に即位し、皇太子の萇に大単于を授けた。公に封じられていた苻健の弟と息子たちはみな、それぞれに王爵を授けられた。

苻堅の父、苻雄は東海公から東海王に、隻眼の苻生は淮南公から淮南王に進封された。

この夏、晋が北伐のため許昌《きょしょう》へと侵攻した。苻雄は甥の苻菁《ふせい》とともに東へと進軍し、交戦に入る。戦えば勝ち、晋軍をついに淮南へと押し返して許昌を制した。長安に戻って家族と団欒《だんらん》を楽しむひまもなく、隴西《ろうせい》を攻めて東晋の秦州《しんしゅう》刺史を前涼へ敗走させ、隴東《ろうとう》に軍を還《かえ》してそこに留まった。

苻堅は父とともに出陣を許されず、長安で学問と武芸の鍛錬に励んでいた。

また、建国にともなって確立されてゆく様々な政務にも駆り出され、漢の時代から趙までの政治についても学んでいた苻堅は、新たな官僚機構の整備にもその知識を求められる。

だが、年が暮れて行くにつれ、苻堅は隴東に駐屯する父とともに新年を迎えたいという望みが抑えきれなくなっていった。そこで慰労を兼ねて春節の物資を隴東に届ける役目を伯父の苻健に願い出た。伯父は快く許可し、苻堅は久しぶりに父に会える喜びに胸を膨らませ、隴東へと出向いた。

涼と東晋との連絡を断つためににらみを利かせる父の駐屯地には、新年の華やかさはない。そこへ皇帝からの差し入れとして、輜重車に大量に積んだ穀物と、脂肪をたっぷり蓄えた羊の群れ、さらに都の家族からの便りが届けられ、苻雄軍の士卒は歓声を上げる。

父とその腹心たちとの祝宴は、気心が知れていて話が弾む。父とふたりきりになれる時間はなかなかとれなかったが、二、三日中には都へ帰る頃合いになって、ようやく親子で水入らずの語らいができた。

父と話したいことはたくさんあったのだが、開口一番で飛び出したのは、胸に溜めてきた不満だった。

「いつになったら私に出陣を命じてくださるのですか」

苻堅はしびれを切らした体で父に訴える。

「法兄さんは反乱軍の討伐を命じられて、見事に敵将を討ち取りました。わたしは都の宮殿から一歩も出ることなく、祖国のために戦う機会を与えられないことが、とても悔しいのです」

血気に逸る息子を、苻雄は頼もしげな眼差しで見た。

「そなたはまだ十五だ。命の危険を冒す必要はない」

「ですが」

言い募ろうとする苻堅を、苻雄は片手を上げて制した。

「我々は個人の栄達のために戦っているのではないぞ。そなたの才知は、国を富ませ民を豊かにする太平の世のために取っておけ。蕘が皇位を継ぎ、そなたが宰相となって国政を預かるころには、若い者たちが命を戦のために捨てることのない、民が安心して土地を耕し、市の賑《にぎ》わう国となるように、我々は今日を戦っているのだ」

苛堅は膝に乗せた拳を握って、数々の言葉が胸にあふれるのを耐えた。

「兄や従兄たちが戦場で命を懸けているときに、自分だけ安全なところにいて――」

「堅。一門の男子が全て戦いに出ては、誰が民と都を守るのか。誰が国を治めてゆくのか」

父は表情を改める。

「そなたの母は、西門豹《せいもんひょう》の祠《ほこら》に詣でた折に、神気に感応してそなたを身籠もったと言っていた」

苛雄は、秦の始皇帝が初めて中原を統一するよりも、さらに古い戦国時代に魏の文《ぶん》侯《こう》に仕えた政治家の名を口にした。

当時の鄴《ぎょう》では、強欲な土地の巫祝《ふしゅく》と豪族、そして役人が結託して迷信を利用し、黄河の洪水を防ぐためと称して、信心深いが無知な庶民から人身御供《ひとみごくう》や財物を毎年取り立てて、河の神に捧《ささ》げさせていた。ところが、生贄に選ばれた娘たちは河伯の花嫁として入水《じゆすい》させられてはいたものの、財物は河に沈めずに巫祝らが密かに着服し分け合うところとなっていた。

税に加えて毎年徴収される供物のため、いくら働いても人々は貧しさから抜け出せず、娘を持つ家族は逃げだし、土地は荒れていくばかりであったという。

鄴の知事に任命された西門豹は機知を働かせて、生贄の代わりに巫祝らを入水させ、河の神の怒りを買うことなく、この毎年の祭事を止めさせることに成功した。

こうして土地の旧弊を取り除いた新知事に、役人と民衆が服従するようになったところで、西門豹は周囲の反対を押し切って大規模な灌漑《かんがい》事業を推し進めた。

また、西門豹はその有能さと果断さによって、行政における業績だけではなく、武将としても燕の討伐に軍功を挙げた。かれの貢献によって魏の国力は高まり、戦国七雄に数えられるまで強勢となった。

有能かつ大胆、賄賂を拒み、仕える君主に対しても節を貫いた公正無私の士であった西門豹の祠は、河南《かなん》を中心に無数に祀《まつ》られ、何百年ののちも民衆から神と等しい尊《そん》崇《すう》を捧げられている。

「そなたは幼いうちから聡《さと》くして衆を憐《あわ》れみ、その振る舞いは公人としての規範を外れない。まさしく我が氏族における西門豹になりえると、父と兄、そして私は大いに期待している。堅よ。目先の、今日明日の功利に目を奪われてはならん。西門豹が黄河と漳河《しょうが》の流域に灌漑事業を始めようとしたとき、いまのままでも生きていけるのだから、大地を造り替えるような事業など必要ないと、鄴の人々はみな反対した。だが西門豹は、事業のはじめにその行き着く展望を民と分かち合うことはできずとも、百年先の子孫がこの事業の意味を理解するだろうと断言して、やり遂げたのだ。そして漳河の運河は七百年を過ぎた現在も、鄴の水田を潤している」

苻堅は、父の喩《たと》え話の示すところを理解しようとした。

胡と称されるかれらが中原に移住し、天命を得て先住の漢族を服属させ、覇を唱えるには、農耕を国の基に据える必要があることはわかる。それはいまさら言われるまでもないことだ。長城の内側に移り住んだ北族や西戎は、もう何世代も前から移動型の遊牧を捨てて定住し、半農半牧の暮らしに馴染んでいる。

とはいえ、父が言いたいのはそういうことではない。

「百年先を見据えて、国を造れとおっしゃるのですか。誰に理解されずとも？」

苻雄は厳かにうなずいた。

「今日と明日の大秦の基を固めるのは、私と兄、年長の族兄どもがやる。萇とそなたは、百年、二百年先の大秦の姿をはっきりとそのまぶたに描いて築きあげろ。戦しか知らぬ頭の固い年寄りには想像もつかない、太平の世をな」

太平の世とは、どのようなものだろうか。

苻堅は、平和な世というものを知らない。

いくつもの王朝の国都として殷賑《いんしん》を極めた洛陽や長安も、晋の崩壊から度重なる戦争と掠奪のために復興は進まず、かつての繁栄には遠く及ばないという。石趙の都であった鄴は最も栄えていたが、民に重税を課し、宮殿の造営に万金をつぎ込む石虎の治世下では窮民が急増していた。街区をひとつ大通りから外れれば、痩せこけた子どもは垢《あか》と虱《しらみ》にまみれてドブネズミの走り回る軒下にうずくまり、野犬と腐った残飯を争う貧民の吹きだまりとなっていた。そして地方では、叛乱《はんらん》や掠奪に蹂躙《じゅうりん》された農村の逃散が相次ぎ、耕す者のない田畑は荒れてゆくばかりだ。

祖父の率いる氐《てい》族はそれなりに盛強を誇っていたが、絶えず趙や晋の顔色を窺いながら、命じられるままに自分たちの戦いではない戦争へと送り出されてきた。

「長安を都と定め、健児が大秦の帝位についたのは、始まりに過ぎない。そなたは乱れた世を駆け回って戦に心身を削るのではなく、中原と中原を囲む天下をいかにまとめて治めていくか、大局と将来の展望を見失わないよう精進を続けてくれ」

「将来の、在るべき国の姿の展望、ですか――」

苻堅が父の年齢に追いついたとき、大秦の支配する天下は、どのような姿をしているのだろう。

——融和と、兼愛——

鼓動が速まり、泉のそこからふつふつと湧き上がる清水のように、苻堅の理想とする世界のありようを示す言葉が浮かんでくる。

誰と交わした会話か思い出せないが、天下をひとつにするには、諸胡の融和を志す必要があるのだという思いは、苻堅の胸の底にはずっとたゆたっていた。それがいま、言葉となってとめどなくあふれてくる。

「堅は、大秦がどのような国となって欲しいか」

難しい問いだと思った苻堅だが、思いがけなくすらすらと出てきた。

「諸胡と漢人が互いの確執を捨て相和し、争うことなく共存する国を志したいです。理想ですけども」

そんな夢物語は不可能だと笑い飛ばされるのではと、苻堅は緊張した。世間も現実も知らぬ子どもの考えることだと。

父は目を瞠り、それから唇の片端を上げてかすかに笑う。

「難しいだろうが、理想はあった方がいい。確固とした指標や志さえ見失わなければ、いつかは理想に近い世界を造ることができるであろうよ」

苻堅は、安堵の息を吐いた。

「可能でしょうか」

苻雄は腕を組んで考え込み、笑いともしかめ面ともとれない表情でかぶりを振る。

「漢族はもちろん、鮮卑《せんぴ》や羌族らと相和する国など、正直なところ想像もつかぬ。だが、西門豹が運河の建設を志したときに、毎年のように氾濫する漳河や黄河の流れを、人間の力で操ることが可能だと信じた者は、ひとりもいなかった。だが、西門豹が百年先を見晴るかして築いた運河は、二百年、五百年、そのさらに先の鄴の人々を飢えから救っている。であれば、いまは誰ひとりとして想像できぬ、諸胡と漢人が融和し、兼愛の心を共有する国は、いつかは実現するかもしれない」

苻雄の諦観を帯びた眼差しからは、そのような世界が実現することを信じていないことが読み取れる。しかし、苻堅の思い描く理想を否定するようなことは、何も言わなかった。

苻雄は一族中から嫌われている甥の可能性を信じ、命を救った。先入観や現状から決めつけない寛容さを持ち合わせる苻雄だからこそ、息子の希望に偏り過ぎる夢を空言だと笑い飛ばさなかったのだ。

第六章　聖王と守護獣

翠鱗《すいりん》が西王母《せいおうぼ》の玉山を目指して、自分の天命を試したいと主張したとき、一角は賛成しなかった。だが、それが翠鱗の自発的な意志であったから、反対もしなかった。

一角麒《いっかくき》は正直なところ、たとえ朱厭《しゅえん》が道案内をしたところで、翠鱗に人界を通って玉山へ行き着くことはできないだろうと考えた。それでも、根気よく時間をかけて人の言葉と文字を学ばせ、意識のないときでも人の形を保てるところまで霊力を高めさせてきた。

しかし翠鱗の変化は不安定で、人界に関する知識はとても限定されている。正確な年数は不明であるが、一角麒のもとに来てまだ十年かそれくらいであったから、人界の知識もさほど覚える時間はなかった。

書籍も内容の難しいものは、繰り返し読み聞かせても理解が及ばない。

英招君《えいしょうくん》の薫陶で充分な準備をして西王母の山を目指した一角でさえ、西王母のもとに辿《たど》り着《つ》くのに十余年の時間を必要とした。童形であるために、人界でさまざまな災難に遭って、遠回りの寄り道を強いられたからだ。

当時の一角に術も知識もはるかに及ばない翠鱗が、玉山を見い出せるとはとても考えられない。ただ、朱厭がついていれば、人界を移動することの大変さは学ぶであろうから、失敗して怖い目に遭い、山に戻ってきて修業を継続すればいい、というくらいに捉えていた。

無茶はさせるなと、よくよく朱厭に言い含めて、一角麒は翠鱗を送り出した。

翠鱗を行かせるのは、とても不安だったし、考え直して欲しかったのだが、出て行ったら出て行ってしまったで、のびのびとした気分になる。いささか持て余し気味であったのは、確かであったかもしれない。

しばらくは平穏な時間を過ごすことになるのだろうと、ひとり深山でのんびり日光浴を楽しみつつ、一角は翠鱗の世話をしたこの幾年かを振り返った。

物心ついたときから、親も仔も、伴侶も眷属もないまま百数十年を生きてきた一角が、最も自分に近い種の生き物にようやく巡《めぐ》り逢《あ》った。

あぶなっかしい小さな生き物。

少年の姿をして、盗賊にさらわれ奴隷の扱いを受けていた一角を救い、引き取ったときの石勒《せきろく》も、このような心持ちで一角を側に置き続けたのだろうか。人間の心は理解しがたいが、役に立たない非力な生き物を庇護《ひご》してしまう習性は、どのような動物にでもあるものなのだろうか。

翠鱗の道のりは、いまごろ、どこまで進んでいるのだろう。

いっぽう、朱厭とともに山を下りて、最初に目指す山へと続く道を進む翠鱗だったが、一角のいない人界の旅は思いがけなく困難で疲れるものだと知って、疲れを溜めていた。かといって、へこたれた気分にはまったくならない。空を飛ぶ力があるとないとではこんなに違うのかと思い知り、一日も早く西王母に会って天命を授かり、役目を終えて空を駆ける成龍になりたいと思う。

「一角麒は、ぼく以外の龍にも会ったことがあるって言ってたけど」

翠鱗は朱厭に話をねだる。一角が飛行の力を得てから、朱厭はその背に乗って東の海から西の沙漠、南の密林と北の雪原を見に行ったという。その途中で、各地の神獣と出逢《であ》い、非常に稀ではあるが霊獣を目にすることもあったとも。

「おれが一角麒につきあって会ったことがあるのは青鸞《せいらん》ていう鳳凰の雛と、赤龍って呼ばれてた角龍《かくりゅう》だけだな。赤龍はずっと西の山奥に棲んでいて、そのあたりの山ほどでかかった。あと一角麒は、黄河の神とされている河伯《かはく》にも会ったことがあるそうだ」

「河伯はなんの霊獣？」

「霊獣なのかどうかも、わからん。そいつには血肉の備わった肉体がなかったというから」

「肉体がないってことは、精霊なのかな」

「よくわからん。一角麒もそうだが、いままで見てきた龍も鳳凰も、変化はしても実体そのものがなくなってしまうことはない。河伯が具象化したときは龍に似ていたらしいが、自在に色や形、大きさを変える水の塊だったらしい」

それを聞いた翠鱗は、翡翠色の瞳を輝かせる。

「龍と水は相性がいいんだって、蛟は水の神とも言われてるって、一角麒の読んでくれた書物にあった」

が、しかし、すぐにうつむいて声の調子が落ちる。

「でもそうだったらぼくは蛟らしくないね。井戸の底で生まれたけど、水を操ったりできないから。ぼくは霊獣の仔じゃなくて、龍に似てるだけの蜥蜴の妖獣なのかもしれない。そしたら西王母の山を見つけられないのかな」

急に不安になって歩調の遅くなる翠鱗を、朱厭は牙を剥きだして「わはは」と笑い飛ばした。

「人間の書いた書物に、本当のことが書いてあるわけないだろ。あいつらおれたち以上に天地のことなんかわかっちゃいない。河伯はもとは人間だった、って説もあるくらいだしな。誰かが見聞したことを適当につなぎ合わせて、選者が自分の思い込みも入れて書き散らしているだけだ」

朱厭は笑いをおさめると口の端を下げて、表情を引き締める。

「ただ、おれたちは何も書き残さないから、長寿の山神たちに『昔はこうだった』『かつてこういうことがあった』『なんとかいう獣とは、こういうものだ』という話を聞くだけで、山神の言うことによって整合性がとれていないのは、人間の遺《のこ》した書物とあまり変わらん」

「山神の言うことは、正しくないの？」

「長生きしている山神ほど物識《ものし》りだが、あまりたくさんの記憶を抱えていると、忘れてしまうのもあったり、曖昧でいい加減な物語になっちまったりしていることは、あるようだな」

それでは、何もわかっていないのと同じことではないかと、翠鱗はがっかりした。

朱厭は河伯の正体について話を戻す。

「河伯が龍にも見えたのは、河そのものが巨大な蛇というか、龍みたいなもんだからだろうなぁ、ってのがおれの想像だが。とにかく、この世界はものすごく広い、おれたちには想像の追いつかない、いろんな生き物がいるんだろうよ。河伯の正体や、霊獣の種類とかは、一角麒やおまえが、いつか天界に行くことがあれば、わかってくるんじゃないかな。それまでおれが生きていないのは残念なことだ」

そうしたたわいのない会話を時折り交わしつつ、主に西へと進み、ときに南へ進む。

日数はすでに数えることを忘れてしまったが、いつしか秋が過ぎて、翠鱗は冬の寒さに動き回ることが難しくなってきた。

「人間に化けても動けないのか」

形を写しても、体質や属性までは人間と同じにはならないようだ。朱厭はあきれたものの、近くの廃村に地下室のある家屋を見つけて、翠鱗がそこで冬を越せるように段取りをしてやった。

「最初の冬だけだからな。来年からは、体力の限界が来る前に、自分で冬眠の準備をするんだぞ。春になったら迎えに来るからな」

適度に空気の乾いた、温度の一定した地下室で身を丸くした翠鱗は、朱厭の言葉を聞き終わる前に、またたく間にまどろみの底に沈んでしまった。

どれだけの時間が経過したのか。がたがた、ざわざわと騒音が続き、翠鱗の眠りが浅くなる。冷たい空気と頭上に光を感じた翠鱗は、もう春が来たのかと目を覚ました。しかし、鱗を撫でる風はまだ冷たく、四肢を動かそうとしてもうまくいかない。なにより混乱したのは、天井と壁のある家屋の、その地下室に陽光が射し込んでいることだった。

ぎこちなく顎を動かし、翡翠の欠片《かけら》のようなまぶたを上げる。

たくさんの二本足に囲まれていた。翠鱗は耳を澄まして人間たちの会話を聞き取り、何事が起きたのか知ろうとした。薄目に見えた周囲のようすからわかったことは、かれが眠っていた地下室の位置からは動かされてはいないということだ。

まぶたをもう少し上げて、目玉を上に向ける。

空が青い。ただ、井戸の底にいたときのように、ずっと上の高いところが切り取られた青い空で、周りは薄暗く埃っぽい。半眼にした目を動かして、あたりのようすを窺う。

家屋そのものが消失し、床も剝ぎ取られて地下室がむき出しになっているようだ。

用心のためにピクリとも動かない翠鱗を見つけた人間は、正体のわからない大きな蜥蜴なのか、玉石を彫った龍の置物なのかと議論していることが聞き取れる。毒のある蜥蜴に手を出して噛まれては恐ろしいが、翡翠や軟玉の彫刻ならば豪邸が買えそうな値打ち物だ。だが、一度に多くの人間が目にしたために、誰が手に取るかでにらみ合いになっている。

翠鱗は置物のふりを決め込むことにした。翠鱗は人間が自分のような生き物を見つけたときの行動について、充分に学んでいたからだ。生き物とわかったら、生薬のために鱗を剝がされて、殺されて食べられてしまう。

さいわい、冬眠していた体は硬直していて、この気温であれば置物のようにじっとしている方が楽だ。

それにしても、地下室まで下りている人間だけでなく、気配と足音から察して地上にもかなりの数の人間たちがいるようだ。しかも、無骨な金属音と馬蹄の響きがする。誰も彼も武器を携えていて、かつて同行することになった苻堅《ふけん》の率いる兵隊たちのような装いだ。

これでは逃げようがない。隙を見て人間に変化しても、身寄りのない小さな子どもでは、かえって不審者として捕まってしまうだろう。翠鱗は周囲の人間たちの反応と動きをじっと観察する。

目の前にひとりの人間が膝をついた。それまで翠鱗を囲んでいた兵士たちよりも、良質の生地の服を着て、金属の鋲《びょう》を打った革の鎧《よろい》を身につけている。

翠鱗は半開きのまぶたを動かさないようにした。

剣の鞘で翠鱗の脊梁《せきりょう》をつんつんと突いて動かないことを確かめ、大判の布の上に置いて包み込む。

「作業を続けろ」

と周囲の兵士らに命じ、翠鱗を包んだ布を背負い、はしごを使って地下室から地上へ上がった。

どこへ運ばれるのかと鎧男の背で揺られていた翠鱗だが、妙に斜めに担がれて、丸まった姿勢を保つのに苦労する。身に巻いていた布のなかで尻尾が弛《ゆる》んでくる。

さらに大勢の人間たちの気配を通り過ぎて、少し空気の落ち着いた場所へ出た。鎧男が布包みごと翠鱗を下ろした。地面ではなく木板の感触がするので、食卓か書机かなにかだろう。

「撤去中の廃屋の地下に、珍しい物を発見したと兵士らが騒いでいました。吉兆であるのか、あるいはただの盗品を秘匿したまま村民が置いて逃げたものかは、判別しかねますが。このような美しい龍の工芸品は見たことがありません」

自分を運んできた鎧男の声だ。

「盗品が吉兆になるとは思えんが」

聞き覚えのある、理知的で若々しい声が応じた。翠鱗の心臓がどきりと弾んで、からだもびくりと動いた。布の結び目を解いていた鎧男は「うわっ」と悲鳴を上げて半歩後ずさった。

置物と思っていた龍が包みの中で動いたのだ。鎧男が驚くのは当然であったろう。

布がはらりと体の周りに落ちて、翠鱗のきらきらした鱗が冬の陽光を弾く。翠鱗は小さな双角を戴《いただ》いた細長い三角の顔を上に向け、自分を凝視している少年を見上げた。月の暈《かさ》にも似た、柔らかな白い光に包まれた少年。翠鱗は思わず心話で呼びかけた。

——文玉《ぶんぎょく》！　久しぶり！——

苻堅は突然頭の中に響いてきた声に、驚いてあたりを見回した。部下の将兵は、魅入られたように美しい鱗に覆われた翠鱗を眺めている。苻堅に字《あざな》で呼びかけた人間はいない。苻堅はあらためて、頭を上げて自分をじっと見つめる翡翠色の瞳を見返した。無垢《むく》という言葉がぴったりあてはまる宝玉のような二粒の目は、まっすぐに苻堅の脳まで透かし見ているようだ。

この置物じみた生き物に話しかけられたのだろうかと、苻堅は自分の正気を疑う。翡翠色の蜥蜴は、小首をかしげて緑色の厚い舌をちらりと見せた。まるでにこりと笑ったように見える。

翠鱗は苻堅が蛟姿の自分を知るはずがないこと、人の子の姿での出逢いは、一角によって記憶を消されてしまったことを思い出した。つまり、まるきりの初対面の相手に、字で『久しぶり』などと呼びかけてしまったのだ。

前回の邂逅《かいこう》から、人間にとってどれだけの時間が過ぎたのか、翠鱗にはよくわからない。蛟の体では、見上げる高さが記憶とまったく違ってしまうので、身長や体格の変化もよくわからない。ただ、苻堅の顔つきは、少し大人びて逞《たくま》しくなっているような気はする。

苻堅は一瞬の動揺をすぐに押し隠して、平然と鎧男に声をかける。

「工芸品ではなく、生きた蜥蜴のようだ。このように大きく美しい蜥蜴は見たことがない。もしかしたら――本当に龍かもしれない――いや」

苻堅は口ごもり、「これは珍しい蜥蜴だ。誰か、籠か空気孔を開けた箱を用意してくれ」と言い直した。翠鱗は籠など必要ないと言いたげに、ゆったりとした動きで苻堅に近づく。においを嗅ぐような仕草に、苻堅は片手を差し伸べる。鎧男が「将軍、指を噛み千切られては──」と制止の声を上げた。

苻堅は空中まで伸ばした手を止めた。が、引っ込めるのも臆病を認めるようで業腹らしく、そのままの姿勢で翠鱗の動きを観察している。翠鱗は翡翠色の舌を上下の唇に挟み、笑ったように見える顔を作って苻堅を見上げた。

苻堅は軽く曲げた指の背で、翠鱗の額に触れた。翠鱗は目を細めて顎を上げる。顎の下から首へかけて、白玉のようにぬんめりとした艶を放つ鱗がさらされる。

「警戒して攻撃をするつもりなら、柔らかい喉首をさらしたりはしないだろう」

苻堅は豪胆に微笑みながら、翠鱗の鼻筋を撫で、鼻から口元へ指を滑らし、肉厚の舌に触れる。翠鱗の鋭敏な舌は、苻堅の体臭、体温そして緊張と好奇心を感じ取った。

初めて見る生き物に対して、苻堅は恐怖や敵意は抱いていないようだ。

翠鱗は猫や犬がそうするように、苻堅の手を舐《な》めたり、顔をこすりつけたりした。

苻堅は笑い出す。

「こんな人なつこい蜥蜴は見たことがない」

差し出された掌に、翠鱗は前足をかけてするすると腕にとりつき、肩まで登る。襟巻きのように左の肩から顔をだし、右の肩から胸にかけて長い尾を垂らした。

「人を止まり木か何かと勘違いしているのか」

愉快になった苛堅は、翠鱗を肩に乗せたまま歩き回った。騒ぎを聞きつけて近習《きんじゅ》の長児《ちょうじ》が駆けつけ、仰天して翠鱗を追い払おうとする。

「大丈夫だ。餌になりそうな物を持ってきてくれ。こんな美しくて珍しい獣――獣と言っていいのかわからんが――は瑞兆《ずいちょう》に違いない。懐いているのだから、連れて帰ろう。名前はそうだな。鱗が翡翠のように美しいから、翠鱗とするか」

「ご主人様」

長児は目を瞠って絶句した。

長児もまた、ずいぶんと成長したようだ。そして、長児の方は翠鱗と名乗った子どものことを覚えているのだと、嬉しさも感じる。長児は一角に会わなかったのだから、記憶を消されずにすんだのだ。

長児は気味悪そうに翠鱗を見てから、言いつけを果たしに炊事場へと走る。

久しぶりに肉が食べられるなぁと、翠鱗は空腹を覚えて唾を飲み込んだ。

苛堅の手から肉を食べさせてもらっているうちに、周囲の会話から隠れていた家が壊されて、地下室から引っ張り出された経緯がわかった。

冬期の野営に燃料が必要であったが、近隣には薪を供出させられる村邑《そんゆう》がない。廃村を見つけた苻堅の一隊は、野盗の巣になりかねない廃村の家を取り壊して、建材を薪としていたのだ。床板まで外されてしまった翠鱗の隠れ家は、いまや地面に大きな穴のあいた更地になってしまっているらしい。

「どこもかしこも廃村だらけだ。これも戦続き、飢饉続きのために、民衆が故地を捨てて逃げてしまったせいだ」

切り分けた肉を翠鱗の口に運びながら、苻堅は嘆息交じりに話しかける。

「天災はいかんともしがたいが、戦争は人間の手で避けられるはずなのだがな。かといって群雄が相争って土地を奪い合っている限り、農民たちの苦難は終わらない。太平のために天下が統一されるには、あとどれだけの戦をしなくてはならないのか」

人間は、この広い大地をただひとりの皇帝によって支配されなくては、平安な暮らしができないと信じているらしい。これは山の生き物には理解できない考え方である。だが、霊獣が天命を授かるのも、地上の山界に棲む神獣や仙獣にとって、人界が平安に治まっている必要があるからでは、とも翠鱗は考えた。特に大きな戦や大部族の移動は、かれらの領域も脅かされる。

そうしたことを考えようと努力しているうちに、翠鱗は睡魔に襲われた。

まだ冬のまっただ中であったから、苻堅の庇護を得て命の危険がなくなったこともあり、羊の生肉を腹いっぱい食べたあとは、ただひたすら眠気でふらふらする。重たいまぶたを閉じて、次に意識が戻ったときは、翠鱗は長安の春爛漫の中にいた。

はっきりと覚醒した翠鱗だが、逃げだそうにも屋根付きの塀に幾重にも囲まれた豪邸の内側である。ヤモリのように垂直の壁を登ることは翠鱗にはできないし、できたとしても屋根が返しになっているので、乗り越えることも不可能だ。人間の召使いに変じようにも、どの門にも衛兵がついているために、いちいち誰何《すいか》される。

とりあえず擬態して人目を逸《そ》らし、少しずつ外へ移動しようと試みても、邸内から姿を消したことに気づかれると、天井裏から床下までの大捜索が始まってしまう。見つかったり、餌でおびき出されてしまうと、籠に閉じ込められる。

現状を把握するほどに、脱走は無理のようだ。

一角麒のもとで、あれだけ人の姿に変化する術を練習したというのに、苻堅に見つかって庇護されて以来、翠鱗はずっと蛟の形態のままである。いきなり人に変化しても、不審な侵入者と見做されたり、妖しの魔物と怖れられたりして、成敗されてしまう可能性の方が高い。朱厭なり一角なりが捜し出してくれるまで、おとなしく縁起のいい愛玩獣の役割を演じるしかないと、翠鱗は判断した。

とはいえ、春を迎えたいまごろ、廃村まで迎えに来たであろう朱厭が、一帯が更地になってしまったのを目にして焦っていることだろう。前に連れて行かれてしまったときは、苻堅の書き置きがあったから、一角もあとを追ってくることができた。しかし、今回は手がかりを残しておくことができなかった。

もともと井戸の底で計り知れない年月を過ごしてきた翠鱗だ。安全で食べるものさえあれば、何年、何十年でも同じ場所から動かずにいられる。ただ、一角のもとで知ることと学ぶことの楽しみを覚えたあとだったので、じっと動かずとも退屈を知らなかったころには戻れない。

いまは、閉ざされた籠の中で、することもなく漫然と時間が過ぎていくことに、苦痛を感じる。

数日が過ぎ、脱出をあきらめた翠鱗は、置かれた部屋の観察を始めた。質のよい調度で整えられた、風通しのよい苻堅の部屋だ。広い部屋には、天井まで届く二面の壁に書棚がしつらえられ、書籍がぎっしりと詰まっている。

自分に読める書籍があれば暇も潰れるのにと、目に見える範囲の文字を追いかける。

翠鱗が西王母に会いに行きたいと言い出したときから、一角麒は人界における世の中の流れを細かく教えた。以前は翠鱗が興味を持った伝承や書をつれづれに読み聞かせる程度の、のんびりとした教育だったものが、文字を読むだけでなく書くことも特訓させられた。

西王母に課される天命がどのようなものになるか、正直なところ一角にも予想はついていなかったのだが、守護獣としての務めであれば、時の覇者の身近に在ることになるであろうし、人の姿で仕える形になれば、人間としての作法や一般的な知識の習得は必須だ。

そして人間というものは——一角は特に強調する——書かれたことがらを正しいものと考えるのだという。誰かの論考や推論、あるいは想像の書き散らしに過ぎないものでも、先人によって書き残されたものであれば、それが事実であったという前提で話を進めていくのだと。

百年かそれ以上をかけて中原の各地から集められた一角麒の蔵書は、いくつもの洞窟を埋め尽くすほどの量であった。翠鱗はすべてを読破する時間も気力もなかったが、苻堅の書斎に積み上げられた書籍を読み尽くすことは可能かもしれない。

籠から出ることができさえすれば、と翠鱗がぼんやりと考えていると、外が騒がしくなった。数人の足音と、賑やかな話し声。

「龍を捕まえたって噂になっている。独り占めはよくないぞ」

若者の快活な問いに、苻堅の困惑した声が答える。

「龍ではありませんよ、兄さん。ただの蜥蜴です。種類を調べさせているのと、馴《な》れるまでは人前に出すべきでないと考えているだけですよ。皇太子から見せろとの催促は受けているのですが、けっこう大きいので宮中で暴れ出して誰かに怪我でもさせては、わたしの責任になってしまいます」

「そもそも龍を見たことのある人間がいないのだから、珍しい蜥蜴は龍ということにしておけばよいのではないか。石勒の治世に黒龍が献上されたことがあったろう？　井戸から出てきたという話だから、それもたいした大きさではなかったはずだ。種類がなんであれ、変わった獣であれば献上しておけば文句は出ないものだ」

話しながら、ふたりの青年が部屋に入ってきた。苻堅と庶兄の苻法《ふほう》だ。苻法の目は、大きな籠の中に鎮座している、玉石を彫刻したかのような獣に釘付《くぎづ》けになった。

「これは美しい！　なるほど、手放すのが惜しくなるわけだ」

「そういう理由でもありませんが」

苻堅は珍しい蜥蜴を皇帝に献上しない理由を、歯切れ悪く否定した。餌の箱から蟋蟀《こおろぎ》を摘まみ出し、籠の給仕蓋を開けて翠鱗に差し出す。翠鱗は蟋蟀をパクリと口に入れて、もぐもぐと呑み込んだ。

「翠鱗と名付けて世話をしているうちに愛着が湧いてしまって」

苻法は感心して眺めていたが、不安げに言った。

「しかし、これではどうしても噂になる。献上しないわけにはいかないだろう。いつまでも言い逃れはできんぞ。瑞獣らしきものを発見して抱え込むのは、叛心《はんしん》ありと疑われてしまう」

「やはり、そうなりますか」

苻堅は嘆息して低く応じた。

兄弟の会話を聞いた翠鱗は、どこかへやられてしまうのかと不安になって、心話で苻堅に話しかけた。

——文玉、ぼくは、よそへ行かされるの？——

苻堅はびくりとして翠鱗を見下ろし、兄の顔を窺い見てから、問いかけを聞いたのが自分だけだと悟った。苻堅は驚きを顔に出さず、興味深げに翠鱗の緑色の瞳をのぞきこむ。翠鱗が心話で話しかけたのは、廃村で再会したとき以来だ。

「手放したくはないのだが——」

返事をしようとして、思いとどまる。得体の知れない獣に話しかけるのを兄や近侍に見られては、気が触れたと思われてしまう。

兄に同意する言葉を選びつつ、半ばひとりごとのようにつぶやいた。

「これだけ色鮮やかで、珍しい生き物は、それだけで瑞兆と思われてしまう。宮中から問い合わせがくるのは時間の問題であるし、お召しがあれば手元に置いておくことはできないだろうな」

――色が鮮やかでなければいい？――

そう応じた語尾の終わらぬうちに、翠鱗の鱗にさざ波が走り、たちまち籠の素材と同じ、地味な灰褐色へと変じた。

「なんだ？　どこへ消えた？」

苻法が驚きの声を上げつつ、目を凝らした。まぶたを擦って籠に顔を近づける。翠鱗が同じ場所に、同じ姿勢でうずくまっているのを見て、感嘆の声を上げた。

「連れ帰った直後は、このようにちょくちょく姿が見えなくなっていました」

帰宅するたびに、近侍たちが大騒ぎで捜していたのを思い出し、兄に説明した。

目の前で色が変わるのを見たのは苻堅も初めてであったが、自分にだけ話しかけてくることといい、やはりこの獣を手放してはいけないのではと考える。

「このように周囲の色に紛れてしまうようでは、献上してもすぐに見失ってしまうのではないでしょうか」

「瑞獣を手元に置いておきたければ、家の者にも知られないように気を配らねばならんぞ」

弟の気持ちを汲んだ苻法は、真剣な面持ちで忠告した。

兄が去ると苻堅は近侍を部屋から閉め出して、籠の扉を開けて翠鱗に話しかけた。

「そなたは、人の言葉を解するのか」

翠鱗は顎を高く上げて、それからぐんと下に下げた。その滑稽な動きに、苻堅は笑いを誘われる。

「やはり龍なのか」

たて続けの質問に、翠鱗は口を開いて答えようとしたが、言葉を音として紡げない。一角麒や朱厭のように、人間の発声器官を持たない本体のときでも滑らかに人語を話せるようになるには、長い修業が必要なのだろう。

あきらめて心話を発する。

——蛟だと言われた——

「誰に?」

苻堅は首をかしげる。

「山の神々とか」

「山神などといった存在は、迷信だと思っていたが」

胡散臭《うさんくさ》げにつぶやく苻堅に、翠鱗は首をゆらゆらと揺らして答えた。

「ぼくも、迷信かもしれないね。人語のわかる、ただの蜥蜴かもしれない――」

翠鱗の飄々《ひょうひょう》とした物言いに、苻堅は思わず口元がゆるむ。

「つまり、龍ではないのか」

「――それは、もう少し生きてみないと、わからない。蛟にも、いろいろあるらしいから――」

翠鱗の正直な答えに、苻堅はそれ以上の質問をやめた。籠の扉を全開にする。翠鱗はゆっくりとした動きで、籠から出た。

「龍や白雉《はくち》などの瑞獣が発見され、献上される例は多いが、人語を理解し、意思を交わしたという記録はない。あったとしても、事実かどうかは実際に経験した人間しか知るよしもないわけだが。もしもわたしが蛟と会話したと記しても、信じる者はまずいないだろうな」

籠の置かれた台座の端にきて、翠鱗は動きを止めた。苻堅を見上げる。

「どうした。行きたいところがあれば行くといい。意思も知性もある神々の眷属を閉じ込めて見世物にするほど、わたしは傲慢ではないぞ。知らずに勝手に捕らえてしまったことに、許しを請う必要があれば、償いはするが」

——行こうと思っていたところはあるけど、行き方がわからなくなった。もしかしたら、行かなくてもよくなったのかもしれない——

翠鱗がそう思ったのは、苻堅を包む光の暈《かさ》のためだ。

一角麒は神獣に昇格するために、光輝を放つ人物を聖王の器として守護する天命を授かったという。では、同じ目的を持つ自分もまた、同じ試練を課されるのではないだろうか。一時的にでも天下に太平をもたらした石勒の覇業を一角が見守ったことで、五百年を生きずにして神獣と成り得たのなら、翠鱗もまた同じように聖王の器を守りぬけばいい。

具体的にどのようにして聖王の器を守るのか、という話になると、一角麒の説明はいまひとつ不明瞭であった。

『ぼくたちは、あるていど成長して霊力が備わると、突発的な不運に見舞われて命を落としたり、病魔に冒されるということがなくなってくる。霊力それ自体が防御の結界となって、望ましくない傷・病・死を無意識に回避できるようになる。神獣になる前のぼくらが、瑞獣と呼ばれる所以《ゆえん》だ。そしてこの霊力は、守るべき相手に分け与えたり、自分の結界の中に包み込んだりすることができる』

では、どのようにして自分の霊力を分け与えたり、広げたりできるのか、という翠麟の疑問に、一角麒の場合は『自分自身の一部を相手に授けた』という答だった。その一部がなんなのか、という翠麟の問いには、一角麒は答えなかった。

『授ける【もの】は相手と自分だけが知っていればいい。そのときがくれば、自然にわかる。ぼくのやり方を翠麟が知ってしまうことで先入観ができて、君に過ちを犯させることになってもいけないから、教えられない』

自分の何を苻堅に授けることで、翠麟はかれの守護獣になれるのだろう。

一角麒は西王母の玉山へ向かうところから、天命の試練は始まっているのだと言った。だが翠麟は、西王母よりも先に、聖王の光輝を放つ人間と出会ってしまった。それも二度だ。すでに苻堅の住む宮殿にいることは、偶然だろうか。これこそ、天命を司《つかさど》る西王母の導きではないのだろうか。

翠麟の頭の中では、いろいろな考えがぐるぐると展開した。

苻堅は他の人間にはない光輝をまとっている。それは翠麟にしか見えない。だから、かれは聖王の器だ。

苻堅には翠麟の心話が届く。それは、苻堅にしか聞こえない。だから、かれは翠麟の守るべき聖王に違いない。

その証拠に、出逢ったときの記憶を一角に消されたにもかかわらず、苻堅は再会したときに正しく翠鱗の名を思い出して名付けた。

考え込む翠鱗を黙って見ていた苻堅は、その額に突き出た硬く小さな角に触れて言った。

「行くところがないなら、ここにいればいい。その地味な色合いで部屋や庭の隅にいれば、見つかっても騒がれることはないだろう。伯父上と皇太子には、籠を壊して逃げられてしまったと申し上げておくよ」

龍驤将軍である自分だけが、声を聞くことのできる蛟を見つけたことは、瑞兆には違いない、と苻堅は考えた。そしてその蛟がいつか龍に育つのだとしたら、翠鱗の出現はまさしく天啓そのものであった。

兼愛を指針とする理想の国家について父と語り合った直後に、翠鱗を見つけた。これは諸胡と漢人が融和する中原を、天が嘉《よみ》したのではないか。

敵も味方もいない、あらゆる民族が平等に生きられる新しい国家。

翠鱗をそうした思想を持つ自分に対する天啓と捉えることは、どの角度から見てもつじつまが合う。

苻堅はそう結論づけた。

第七章　東海王

　苻堅は、書斎には決まった時間にのみ掃除に出入りするようにと使用人に固く命じ、また苻堅の不在時は立ち入りしないようにとも言いつけた。もっとも、翠鱗《すいりん》の聴覚は鋭く、誰かが書斎に近づく足音がすれば、天井近くの棚に登って周囲の色に溶け込んでやり過ごす。

　そうして幾日か経つうちに、苻堅が隴東《ろうとう》からの復路で拾った珍奇な獣に関する噂は宮中から立ち消えた。

　苻堅ははじめ、翠鱗が書物に興味を示したことに驚いたが、本物の瑞獣ならばそういうこともあろうと考えた。時間があれば読んで聞かせ、外出するときは書物を机上に広げて翠鱗が読めるようにしておいた。

　人の姿になれば、翠鱗が自分で書を取り出すことはできるのだが、人に変化できることは苻堅には話していなかった。自分自身の何を授ければ、苻堅の守護獣になれるかわかるまでは、己の持つ異能について明らかにすべきでないと思ったからだ。

それに、翠鱗は文字を読むのがあまり早くない。苻堅が出しておいてくれた書の半分に目を通すだけで、一日かかってしまう。ただ、書を読むときは人に変じた方が読みやすいというのは発見だった。人間の両目が顔の正面に並んでいるのは、書を読むためであったかと、ひとりで納得していた。

翠鱗が長安の苻堅の書斎に落ち着いて、冬と春と夏が過ぎた。

この当時の苻堅は、学問に打ち込む一方で、ときに心を飛ばすかのように西の彼方へと遠い目を向けた。父の苻雄《ふゆう》と従兄の苻菁《ふせい》が万単位の将兵を率いて、秦の西側にある涼と戦っていたからだ。涼は漢族の国で、君主の張氏《ちょうし》は晋《しん》を宗主国と仰いでいる。

戦況を報《しら》せる西からの使者は、数日おきに長安の大門をくぐり、宮殿の皇帝へと苻雄の書簡を届ける。年の初めは大捷《たいしょう》の報せとともに、涼の二将軍が長安に護送されたが、苻雄はそのまま隴東に留まって西ににらみを利かせ続けた。秋には長安に帰還したものの、それは各地で頻発する反乱の鎮圧のためであった。

苻堅はふたたび長安を発《た》つ父親を見送り、ともに出陣できない自分を歯ぎしりして悔しがった。都に留め置かれる鬱憤を、翠鱗相手に吐き出す。

「わかっているんだ。まだ十六になったばかりで、大軍を率いる責任は重すぎるっていうのは。だけど、仮にも将軍の職位を担っているんだ。父のかたわらにいて、その戦い方を学びたいのに」

戦場の父から自分へとあてられた書簡では、学問がどこまで進んだか、城の内外にいる賢智《けんち》の士と多く知り合い、治国の妙について議論を交わせているか、そういったことを問いかけてくる。涼との戦況や反乱軍の進退については、何ひとつ書かれていなかった。

未来だけを見据えろ、という父の助言はわかる。だが、今現在起きていることに、どうして無関心でいられるだろう。後方にいて、どうして漫然と座していられるだろう。苻堅は胃の裏を炙られるようなじりじりとした熱を、自分の未熟さ、若さゆえの焦りだと自らに言い聞かせた。

そんなときに、翠鱗は心話で話しかける。

――まだ、文玉《ぶんぎょく》の時は来ていない。急がなくていいんだよ――

苻堅は苦笑して言い返す。

「何を根拠にそのように考えるのだ？」

――まだ、時が来ていないからさ――

翠鱗は緑色の唇をぎゅっと両側に引いて、笑ったような顔を作った。根拠などなかった。ただ、苻堅を守るための自らの霊力が満ちてきたら、それがそのときだと漠然と思っていた。そして、そのときは遠くないという予感もあった。

翠鱗が長安にきて、はじめての年が明けた。

大秦の皇帝は、晋が北伐の大軍を起こし、長安へ進撃しているとの報を受ける。晋軍を率いるのは成漢《せいかん》を滅ぼした征西《せいせい》大将軍の桓温《かんおん》であった。晋の朝廷において絶大な権力を握る桓温は、涼の君主と連携して長安の攻略に取りかかった。

苻堅は今度こそ出陣を命じられるかと気負ったが、迎え撃つ将に選ばれたのは、丞相の苻雄を大将軍として、皇太子の苻萇《ふちょう》、従兄の苻菁と苻生《ふせい》らであった。苻堅はまたも長安に残された。

「誰かが皇帝を扶《たす》けて内政に目を配らなくてはならない。それはわかっている」

長安に残り、親晋派の官吏や反秦分子に目を光らせ、城内からの守りを固めておく役割もまた、重要であった。朝廷の決定に不服を唱えることを許されない苻堅は、書斎にこもって翠鱗に憤懣《ふんまん》を漏らした。

戦場で活躍するであろう従兄らの姿を思うと、身のうちに奔馬を宿しているかのように、自分もまた甲冑に身を包んで父の側で矛を揮《ふる》い、弓を引きたいと渇望してしまうのだ。

——まだ、まだ時が来ていない。でも、もうすぐ——

翠鱗は同じ言葉を呪文のように繰り返す。

日々届けられる戦況によれば、前鋒《ぜんぽう》部隊を命じられた苻生は、隻眼の不自由さなどまったく感じさせない奮迅ぶりを見せたという。幾度も先陣を切って突撃を繰り返し、首級を多く挙げたとも。

だが、苻雄率いる秦軍は白鹿原《はくろくげん》において大敗した。徐々に長安へと後退する秦軍を追って、攻め手の桓温軍は転戦を重ねて長安に迫った。

秦軍の劣勢と、関中に進撃する晋軍を目にした近隣の住民は「官軍が来た！」と諸《もろ》手《て》を挙げて歓迎した。

華北の人口の半分を占める漢族の住民にとって、いまだに『官軍』とは晋の軍であること、そして、かれらの多くが、いまもなお晋に心を寄せていることを、長安の支配者らは思い知らされた。

氐《てい》族の数は少なく、諸胡が互いの隔たりを超えて協力し合い、華北に住む漢族の心服を得られなければ、天下を維持し、晋の侵攻を食い止めることなどできない。

桓温の軍は長安の城壁から視認できるところまで迫っていた。

「こういう形で戦闘に加わるとは、想像もしなかったが」

甲冑を身にまとった苻堅は、出陣前に翠鱗に苦笑を向ける。

翠鱗はこの時にあっても、自分の何を苻堅に差し出せば、自分の霊力を分かち与えて守護できるのかわからず焦った。心を無にして、自分の霊力の湧き上がるところ、流れ出るところを意識する。すると、このごろ盛り上がりはじめてきた脊梁部《せきりようぶ》の突起が、翠鱗の気持ちの高ぶりに応じて熱を帯びてきた。

――文玉、この首のところの、鱗が立ち上がって尖った部分、わかる？――

「湾曲した突起のような部分か」

――そこ、摑んで引っ張ってみて――

苻堅が言われたとおりにすると、わずかな抵抗で突起が剝がれて落ちた。まるで、翡翠を削った牙か鉤爪のような形だ。

――それ、矢の当たらないおまじない。持って行って。いつも鎧の下に着けて、なくさないで――

苻堅はにこりと笑って、翠鱗の脊梁突起の鱗を鎧下の懐に忍ばせた。

「幸運の護符はいくつあっても足りないということはないからな。礼を言う」

苻堅が城壁へと駆けつけると、桓温の軍はすでに長安城の東面に、河をひとつ隔てて布陣していた。秦軍は撤退してきた苻萇らで城の護りを固め、皇帝の苻健《ふけん》もまた手勢を指揮して壕《ほり》を掘らせている。

「陛下。桓温の動きはどうですか」

「おお、堅か。灞上《はじょう》から動いておらん。さすがに灞水を渡る決意はつかぬようだな。聳《そび》える城壁を前に背水の陣では、賢明な布陣とはいえない。関中の漢人豪族を晋に靡かせる手を打っているのだろう。城下のようすはどうか」

「城門はみな固く閉ざし、住人は屋内に避難。法兄さんが警邏《けいら》を徹底させましたので、外を歩いている者はいません」

「うむ。よくやってくれた」

内応者を出さないためには、住人同士の連絡を禁じ、戒厳下の外出者を特に警戒しなくてはならない。

「父は、無事ですか」

苻堅は私情と自覚しながら、気がかりを訊ねた。苻健は甥に顔を寄せて、低い声で答える。

「子午谷《しごこく》から晋の梁州《りょうしゅう》刺史、司馬勲《しばくん》が進軍している。雄には騎兵七千を預けてそちらへ奇襲をかけさせるために向かわせた。司馬勲は一昨年《おととし》の五丈原戦《ごじょうげん》では何度も取り逃がしたが、雄はこんどこそ仕留めてくれるだろう。桓温め、我らの目を長安の東に惹《ひ》きつけておいて、南西から司馬勲に攻めさせるつもりであろうが、我らが関中の四方八方に斥候を潜ませていないとでも思っているのか」

苻健は忌々しげに吐き捨てた。

緊張のうちに三方の戦況を待つ。永遠とも思われた一夜が明けるころ、苻雄から戦勝の報が届いた。子午谷から長安へ進軍していた司馬軍は敗走させられた。

「また、取り逃がしてしまいました。逃げ足の速いやつです」

と苻雄は兄の皇帝に報告する。苻雄は休む間もなく、将兵を統合して東へと転進した。援軍が撃退されたと知った桓温が後退するのを、追撃するためだ。

戦況は秦軍にとって好転した。苻雄は最初に大敗を喫した白鹿原まで桓温軍を押し戻し、桓温軍は一万を失ってさらに撤退する。長安を囲むように展開していた司馬勲などの晋の各将は次々に破られ、春から夏にかけて確保してきた晋の拠点は、秦軍によってどんどん奪い返されていった。

関中の収穫を奪って、軍の兵糧を現地調達するつもりであった桓温に先駆けて、苻健は収穫期を待たずに穀類を刈り取らせた。兵糧を断たれた桓温は撤退を選び、苻雄はついにこれを敗走させた。

苻雄はそこで留まらず、西へ転進し、雍州《ようしゅう》の反乱軍討伐にとりかかる。都で皇帝を扶けていた苻堅は、次々と都にもたらされる朗報に喜び、父の凱旋《がいせん》を疑わなかった。すでに夏は終わり、風には秋の気配が漂っていた。今年の重陽《ちょうよう》は家族そろって祝うことができるだろうか。

そこへ、凶報がもたらされた。

それは父危篤の報せであった。桓温の北進から半年、八面六臂《はちめんろっぴ》とも言えるほど、縦横無尽に敵と戦い蹴散らしていた父が、陣中に倒れたというのである。苻堅、苻法《ふほう》はただちに父の陣中へと馬を駆った。

兄弟は父の臨終に間に合わなかった。

たとえ息を引き取る前に駆けつけられたとしても、最後の言葉を交わすことはできなかったであろうと、臨終に立ち会った従兄が慰めた。倒れてから一度も意識が戻らないまま、二日と半日で亡くなったのだ。

まだ、四十にもなっていなかったというのに。

あまりにも突然で、早すぎる父の死に、堅と法の兄弟は言葉も涙もなく、父の亡骸《なきがら》に対面した。

「父上、わたしはまだ、あなたに何も教わっていません！」

か。北伐軍の残党討伐へ向かったときの父の姿は、いつもと変わらなかったではない
敬愛する父の死はあまりに突然過ぎて、苻堅は現実を受け入れることができず
に、呆然《ぼうぜん》とする。
棺車《かんしゃ》を牽《ひ》かせて長安へ向かう道のりは、油断すると視界がぼやけて鞍からずりおち
そうになるのを、兄の苻法に何度も叱咤《しった》された。
いや、最後に見た父の姿は、本当にいつも通りだったろうか。初春から休みなしに
戦い続け、東へ、南へ、そして東へ返して次は西へと長征した。作戦を練り、亡国の
瀬戸際でみなを励まし踏ん張って、ついに桓温を南へ追い返した。だが、桓温が去っ
てもまだ涼の脅威は残っている。この北伐で息を吹き返した反秦の勢力を、叩き潰さ
なくてはならないと、甲冑を脱ぐひまもなく飛び回っていた。
最後に見た父の顔色は、いつもより黒ずんではいなかったか。目は落ちくぼんでは
いなかったか。野営続きの毎日で、きちんと眠れていたのだろうか。火を通した食事
を摂《と》れていただろうか。
どんなに厳しく叱られても、父の側についてその激務を、少しでも手伝うべきでは
なかったか。
どれだけ己を責めても責め足りない。

戦勝に沸いていた長安は、瞬く間に国を救った丞相将軍の死を嘆く声に塗り替えられた。

苻雄は親族から士卒まで、広く慕われていた。性格は温厚で寛容、兼愛を理想とし、誠実で遵法を規範とする。だがひとたび護国の将軍を拝命すれば、知力胆力を尽くして敵と戦い抜く、勇猛な戦士だった。

苻堅は、自分が父のようになりたいと願ってきたが、父の為《な》してきた偉業を改めて見返せば、自分の器ではどれだけ努力しても影も踏めないのではと思える。

それほど父は偉大で、包容力のある人間だった。

息子としての苻堅の悲しみを圧倒したのは、弟を失った皇帝苻健の、血を吐くが如《ごと》くの慟哭《どうこく》であった。

弟の補佐なくして、天下を望むことは叶わないであろうと、人目を憚《はばか》らず天を恨み憤った。

自宅に帰った苻堅は、書斎に閉じこもって、父を失った哀しみと、嫡男としての務めを果たさなかった自責に塞ぎ込む。心配そうに寄り添ってくる翠鱗を、生気の抜けた眼差しで眺めた。

苻堅はふと思い出し、懐に手を入れて翡翠色をした鉤爪形の鱗を取り出す。掌にのせてかぶりを振った。

「これを父上に差し上げていれば！　桓温を追い返したときに、何度かお目にかかっていたというのに。激務をひとりで背負い込まず、無理をなさらぬよう、労《いたわ》って差し上げる機会はあったというのに！」

鉤爪形の鱗を固く握りしめ、苻堅は書机を拳で叩いた。尖った先が掌に刺さって血が滴る。それが自分に対する罰であるかのように、苻堅は何度も拳で机を叩いた。

「都から動けないわたしに、護符なんか必要なかった！　父上に差し上げればよかった。父上はこれからの大秦に、必要なお方だったのに！」

ひとりになって、初めてどうにもならない痛みに涙があふれてくる。

翠鱗は、人間のこのような感情の奔流に触れるのは初めてであったために、どう接していいのか、どんな言葉をかけたらいいのか、まったくわからなかった。親が死ぬ悲しみなど、親を知らない翠鱗には想像もできない。

ただ、苻堅の拳に握られた鱗の欠片から、少年の血の熱さと慟哭がビシビシと伝わってくる。胸の破れそうな少年の痛みが翠鱗の心臓に、腹に、背中から四肢の先、そして頭へと血管を駆け巡る。体中が痛い。胸が苦しくて、息ができない。頭の内側は熱く煮えたぎって、いまにも爆発しそうなのに、同時にひどく冷え切って視界が閉ざされてしまう。まぶたからは止めどなく熱い滴があふれて、皮膚は暴風雨にさらされているようだ。大粒の雨に打たれ、風に叩かれているように、周囲が見えない。翠鱗が生きてきた百年近い時間の中で、生まれて初めて味わった喪失の哀しみと悔恨の痛みだった。

体中をかきむしっても、その皮膚と肉を我が爪で切り刻む痛みを以てしても、かけがえのない家族を失った苦痛をまぎらわすことはできない。

――ごめん。ごめん。文玉。力になれなくて――

翠鱗の丸く弧を描いたまぶたから、薄緑色の滴がぽろぽろとこぼれ落ちた。

鬼籍に入った者たちを悼む暇もなく、戦後の処理と損失は埋められなくてはならなかった。論功行賞では獅子《しし》奮迅の働きをした苻生が中軍大将軍に任じられ、苻堅は父の称号を継ぎ、十七歳で東海王の位についた。

第八章　王佐の才

　戦争に勝ったにもかかわらず、長安は服喪の哀しみに包まれた。そして、皇帝に恃《たの》みにされ、臣民からは慕われていた丞相の死から宮中が立ち直るひまもなく、皇太子の萇が戦場で負った矢傷が癒えず、叔父の後を追って鬼籍に入った。

　皇帝苻健《ふけん》は、右腕と跡継ぎをたて続けに失った衝撃に、目に見えて憔悴《しょうすい》していった。

　父の死から立ち直れずにいた苻堅《ふけん》であったが、大秦を覆う暗雲に危機感を抱いてもいた。その不安を話し合うために苻堅の書斎を訪れた苻法《ふほう》もまた、同じ思いであった。

「従兄弟たちのだれが皇太子に選ばれるか、で大秦の未来は決まる」

　苻法は弟よりも、宮中の気配に敏感であった。側室腹であっても、長兄の自覚がそうさせるのだろう。喪失感に打ちのめされて、立ち直るのに時間のかかる弟を庇いつつ、政情に目を配っている。苻堅は憂いに青ざめた顔で自分の考えを話す。

「はい。父さんの覇業はまだ終わっていません。父さんの積み重ねてきた功績を無駄にせず、我々が父の遺志を継がなくてはと思う。ですが伯父上は、わたし以上に立ち直れていない。先日お会いしてきたとき、皇太子の候補に長生《ちょうせい》兄を推してきました」

苻生《ふせい》は先の桓温北伐《かんおんほくばつ》の迎撃戦でめざましい手柄を挙げた。皇帝の次男である苻靚《ふせい》は人望のあった長兄と、粗暴だが勇猛な弟の間でいささか影の薄い存在であった。北伐の迎撃にも加わっていない。皇太子と丞相が出陣し不在の朝廷において、皇帝の次男と丞相の嫡子が長安の防衛にあたるのは当然の配置なのだが、華々しい功績がないのでは今後の人事に重きをなすのは難しい。

「父さんが長生兄の命を扶けて、目をかけていたことにも、一因があるかもしれない。今回の戦では一番活躍していたことは事実だから、国柱を一度に二本も失った伯父上が、おとなしい靚兄よりも、勢いのある生兄に心が傾いてしまうのはいたしかたないという気はするが」

苻法もうんざりした口調で応じる。苻堅は声を低くした。

「伯父上は以前にも増して、占いに物事の判断を委ねるようになっています」

兄弟は同時に嘆息を漏らした。しばらくして、苻法は握り拳にした両手を軽くぶつけ、口元だけに笑みを浮かべた。

「玉座に乗せた尻が誰のものであろうと、臣下に優秀な者をそろえて政治をおろそかにしなければいいのだ。実は、耳よりな情報を得た。王猛《おうもう》が関中にいるという」

「王猛？　いつかの宴で散騎常侍《さんきじょうじ》の呂婆楼《りょばろう》がさかんに褒めていたあの王猛ですか。呂常侍とは同郷の壮士で、天下を語るに王猛をおいて他にいない、いつか私と引き合わせようとおっしゃっていました。なかなか呼び寄せる機会がなかったが」

識見の豊かさと、法に厳格なことで皇帝の信任を得ている呂婆楼の推薦する、博学で知られた文士の名に、苻堅は身を乗り出して訊き返す。

「晋《しん》軍が灞上《はじょう》に陣を置いたときに、王猛の方から桓温を訪ねていったそうだ」

苻法は苦々しげに言うと、苻堅は驚きに背筋を伸ばした。

「晋に仕官したのですか」

苻法は意図的に口の端を上げて、皮肉げな笑みを浮かべる。

「王猛が桓温に仕官していたら、我々の勝利はなかったであろうよ。だが、王猛は桓温に天下人の器を見いださなかったのであろうな。桓温の誘いを断り、晋軍の陣を去ったそうだ。王猛の居場所は呂婆楼から聞いている。会ってみるか」

ふだんから、在野の名声ある学者を訪ねては、さまざまな疑問をぶつけ、知見を求めてきた苻堅である。しかし漢人の没落貴族で、偏屈者と噂の高かった王猛は所在が不明確なこともあり、なかなか面識を得る伝手《つて》がなかった。

「英傑で知られた桓温さえ拒絶した賢者が、わたしのような異民族の孺子《じゅし》など、相手にするでしょうか」

苻法は「ふふん」と笑った。

「文士ならば誰でも天下を論じたいと思っているものだ。漢族の知識人であればなおさらだろう。異民族の王侯であるという理由で我らとの面会を拒むのなら、それだけの器なのであろうよ。だが、あのとき優勢であった桓温の負けを予測し、招聘を断った御仁だからな。会って話を聞く価値はあるだろう。もとの家柄は山東《さんとう》の貴族であったという話だから、自尊心の高さは半端ではなかろうに、貧しいもっこ売りの身分から、晋の士分へ成り上がる機会を蹴ったのは、なかなかの傑物ではないか」

皇帝が右腕と恃みにしていた苻雄《ふゆう》を亡くし、人望のあった皇太子もいないいま、武勇の家臣に比重のかかった大秦の宮廷では、文治に長《た》けた人材の補塡が急務であった。

「東海王として形式張っての面会では、会ってくれなさそうですね。ここは劉備《りゅうび》に倣って、三顧の礼くらいに謙虚に攻めるべきと思いますが」

「漢人の貧乏貴族だ。それこそ劉備のように道具売りに落ちぶれていても、気位は高そうだ」

兄弟は庶人に身をやつして王猛の賤家《しずや》を訪れる計画を立て、その日の会談を終えた。

兄を見送った苻堅は、書斎の隅でじっとしていた翠鱗《すいりん》に微笑みかけた。

——文玉《ぶんぎょく》、楽しそう。おうもう、っていい人なの？——

久しぶりの苻堅の自然な笑顔に、翠鱗も嬉しくなって訊ねた。

「軍事と政治の両方に造詣の深い知識人だと有名な人物だよ。ただ、家が貧しくて、自分で作った道具を売って歩いている。前の晋が滅んで没落したのち、趙《ちょう》に仕官した漢族の名士は少なくない。だけど王猛は趙には仕えなかった。だから王猛は異民族の朝廷には仕官したくないのかと思っていたけど、桓温の誘いを断ったということは、脈がありそうだ。石勒《せきろく》の事業を補佐した張賓《ちょうひん》のように、異民族に偏見のない人物であればいいな」

苻堅の包む白い暈が明度を増して温かく輝く。翠鱗は不思議とわくわくとしてきた。翠鱗はあぶくのように浮かんでくる情景を、言葉に置き換えてみる。

——文玉の王佐になる人。張良《ちょうりょう》とか、荀彧《じゅんいく》や孔明《こうめい》よりもすごい人かも——

劉邦《りゅうほう》や曹操《そうそう》、劉備の覇業を扶けた軍師と政治家の名を挙げる。

「龍の予言なら信憑性《しんぴょうせい》がありそうだ。もしも王猛がそこまで優れた人材なら、大秦が天下を取れるかもしれない」

苻堅が兄とふたりだけで王猛に会いに行くと聞いて、翠鱗は自分もついていくと主張した。皇族が護衛も連れずに長安の内外を歩き回るのは、安全とはいえない。庶人の身なりに扮《ふん》していても、ふたりがまとう貴公子然とした空気は、衣服のように脱ぎ去ることのできない特質だ。

苻雄とその息子たちは庶民にも人気があったが、桓温の北伐が失敗して、そのことを残念に思い逆恨みしている親晋派の漢族が、無謀な行為に及ばないとも限らない。

「心配性だな。ふたりだけ、と言っても、護衛は距離を置いてついてくる。王猛をいたずらに威圧したくないだけだ。それに、武器も持てない翠鱗がついてきたところで、万が一のことがあっても、できることなど何もないだろう？」

――ぼくが文玉を護るのに、戦う必要はないよ。ぼくがそばにいるだけで、文玉から悪運が逃げていくんだから――

前脚を突っ張り上体を反らして言い募る翠鱗に、苻堅はおかしそうに笑った。

「城下の人混みで掏摸《すり》よけにはなるのなら、おまえをもっこに入れて、兄さんとふたりで担いでいこう」

網状のもっこでは居心地が悪いのと、外から透けて見えてしまう。苻堅は編み目の密な蓋付きの背負い籠に翠鱗を入れて邸を出た。苻法は「ずいぶんと本格的な変装だな」と笑って、自身も竹籠を用意させ、王猛への手土産となる酒や干し肉の束を詰め込んで外出した。

ぱっと見には、行商か朝市に出かけていく若い兄弟の図である。

王猛の家はすぐに見つかった。暮らし向きは楽ではなさそうであったが、聞いていたほど貧窮しているわけではないようで、みすぼらしい家屋は質素と言い換えた方がしっくりとくる。

七つかそこらの息子が応対に出て、学問の師を求めているという苻兄弟の用件を伝えに奥へと入った。

王猛と対面した苻堅は、漢族の作法で拱手《きょうしゅ》し、目上の者に対する礼をとった。苻堅が抱いた初対面の印象は、王猛が思いがけなく若いことであった。この当時の王猛は三十を数えたばかりの少壮であったのだが、無類の博識家で偏屈者という噂が、気難しい中高年であろうという先入観を苻堅に植え付けてしまったのであろう。

王猛は大秦の丞相の遺児らが、自分に教えを乞いに来たことに驚かされたようだ。

しかし無下に追い返したりはせず、白湯を出してもてなした。兄弟の訊ねる問いは軍事から政見、歴史観をもとにした国家のあるべき姿など、多岐にわたった。異民族の公子らに対するわだかまりが王猛の方にあったとしても、十代にして明敏かつ博学な兄弟との討論にたちまち引き込まれた。

特に苻堅の『これだけ多種多様な胡族が入り乱れて華北に住みつき何世代も経ち、それぞれが互いに無視できない勢力となっている以上、特定の民族優位の王朝が、他の民族を抑圧したり差別したりすることのない天下の実現を願っている』という展望には、王猛は腕を組み唸《うな》りつつ頭を垂れた。

「そのような天下が実現できるとは思えませんが」

漢族が中原の主人であると信じる文士に、誰が支配者であろうと臣民は平等に扱われるべきという思想は、新鮮を通り越して奇っ怪な発想としか受け取られなかったことだろう。

しかし、氐《てい》族の少年は迷いのない瞳で、自分の考えをよどみなく述べてゆく。

「万人を差別なく愛するという『兼愛』はそもそも漢族から生まれた思想。わたしはこの言葉を父から教わりました。太平の世とは、人々が倫理を知り法を尊び、天子が個人の感情を捨てて、万人を隔てなく慈しむことのできる世界と解釈しています」

「『兼愛無私』、荘子《そうし》ですな」

　王猛は床に視線を落とし、腕を組んでしばし考え込んだ。苻堅は頬を赤くして、急いで付け加えた。

「若輩の青臭い妄想と言われればそれまでですが、石勒の建国理念に、胡漢の融和があったそうです。それを聞いて、石勒が奴隷の身から至尊の地位に登ったのは、それだけの志があったからではと、腑《ふ》に落ちたものです」

「石勒に？　そのような逸話は初耳ですが――」

　王猛は組んでいた腕を解いて、いぶかしげに訊き返す。

　兄の法もまた、驚きに目を見開いてかたわらの弟を見た。そのような話を兄とはしたことがなかったことに、苻堅自身もまた少し驚いた。そもそも、どこでそのような話を見聞きしたのか。誰から？

　王猛は自答するかのように言葉を続ける。

「石勒の内政については、胡漢の差別をなくすことに力を注いでいたのは確かです。後継者に恵まれなかったのが残念ですが」

　苻堅は机上で学べることに限界があることを痛感し、こうして世の中を知る識者の意見を聞くことが、父の遺志を継ぎ、理想に近づく手段であると信じているとも話した。王猛は苻堅の出自と地位にそぐわない純粋さに危うさを覚えながらも、年齢からは想像もできない博識に感心させられていた。

世俗離れした理想論ではあるが、その思想を盲信しているというわけでもなく、王猛の提案する政策の是非については現実的な意見を返す。わからないこと、知らないことについては、謙虚にそう伝えて教えを乞う姿勢に王猛は好感を覚えた。

桓温との会談では、王猛はその器に失望して任官の申し出を蹴った。王猛の説く軍事や政策を、桓温は理解しなかった。

そこへ、無限の伸びしろを持ち合わせた、明敏な少年が飛び込んできたのだ。物わかりの悪い生徒に囲まれてうんざりしていた教師が、優秀な教え子を導く喜びを得たようなものであったろう。

互いの話に夢中になり、気がつけばあっというまに午後の陽は傾いていた。

辞去の時刻が近づいても苻堅はまだまだ話し足りず、王猛に師事したい旨を告げた。

「父が存命であれば、貴殿をしかるべき官職に推薦できたのですが、次の皇太子も定まらぬいまは、確約できる申し出もできないのが心苦しいです」

王猛は仕官については即答を避けたが、この年若い兄弟を、国家の計について手応えのある議論ができる相手と感じ、個人的な交際を続けることに異論はなかった。

「人の噂とはあてにならないものだな」

帰る道々、兄がそうつぶやく。蜀《しょく》の皇帝となった劉備が、貧しい筵売《むしろう》りから世に出た逸話のように、筵やもっこ売りといえば極貧暮らしを意味するものだ。しかし、王猛の住居と服装に余裕はないものの、いたってこぎれいといって差し支えない。玄関も間口も掃き清められ、夫人の丁寧な家政ぶりが推し量れる。手習いを始めるような年頃であろう息子の応対も、礼に適《かな》っていた。

「桓温との対談では、粗末な身なりで蓬髪《ほうはつ》からこぼれ落ちる虱を潰しながら、北伐論を展開したそうだが」

怪訝《けげん》そうに続ける兄の話に、苻堅は耳を傾ける。

「長く転戦を続けて軍営生活が長ければ、毎日髪を解いて櫛《くし》で梳くひまもなく、虱が湧いてしまうのは当たり前です。虱まみれだったのが王猛だったのか、桓温だったのかは、その場にいた者しかわからないことでしょう？　わざとみすぼらしく装って、桓温が人の見た目に左右される人間かどうか、試したのかもしれませんし。それに今日の話でも、王猛は各地方の情報にとても詳しかった。もっこは元手がかからない上に軽くて持ち運びも楽だ。中原の現状を知るために、路銀を稼ぎながら町から町へ売り歩くには都合のいい商品です。国を富ませるためには、商工業の保護と流通の確保が必要だと熱弁を揮ったところなど、本当にあちらこちらで世間を観察してきたのだなぁと思いました」

　王猛は都市と農村の、上から下までくまなく観察し、理解している。武人だらけの大秦の朝廷には、つくづく必要な人材だと苻堅は考えた。彼自身が物心ついたころから学問に打ち込んできた文人気質なせいか、実務官僚の足りない氐《てい》族に占められた朝廷の不均衡さに敏感になっていた。

「そういう方向に解釈する堅の方が、おれにとっちゃよっぽど末恐ろしいよ」

　単純な武人気質の苻法は、快活に笑って弟の肩を叩いた。

　庶民に身をやつした苻堅が帰宅し、書斎まで籠を背負って入ったことに家の者たちは怪訝な顔をしたが、敢《あ》えて主人に話しかける者はいなかった。

　翠鱗は、一角から聞いていた石勒の軍師と宰相を務めた張賓との出逢《であ》いを想像しつつ、この日の出逢いの一部始終を籠の中から見届けていた。聖王と王佐となるべき一対の出逢いという、運命の一幕に自分が立ち会えたのではと、ますます自身の天命の相手は苻堅であると確信した。

　それほど、苻堅と王猛は初対面から意気投合し、長年の師弟であるかのように、活発な討論を交わしたのだった。

翠鱗は苻堅に自分の秘密をひとつ、打ち明けることを決意した。

初夏。

苻法と苻堅の不安をよそに、皇帝苻健は次男を差し置いて三男の苻生を皇太子に立てた。そして、それから二ヵ月と経たずに崩御してしまった。享年は三十九と、前年に他界した宰相と皇太子を追うような若すぎる訃報に、大秦の未来を危ぶんだ者は少なくなかった。

まず、即位に伴う典礼について、前例を踏襲しない苻生のやり方に異を唱えた官吏が捕らえられ、処刑された。それからいくらも経たぬうちに、国家の大事に関わる不吉な兆しが天体の運行に現れているとの上奏が為された。

息の詰まるような朝議を終えて帰宅した苻堅は、人払いをして書斎に落ち着き、ようやく息をつけた。

「また、誰か殺されたの？」

少年の声で話しかけられ、苻堅は顔を上げた。

書棚の隙間から翡翠色の鱗を煌めかせて現れた翠鱗が、八歳前後の男児に変じて苻堅のそばに立った。

苻堅が王猛に師事するようになってから、翠鱗は授業と対論の内容を書き留める書童として侍るようになった。そのために文具を扱える必要があり、翠鱗は人に変化できる技を苻堅に披露した。

翠鱗が人間に変じても、苻堅はあまり驚かなかった。人語を理解し、古今の書物を読みあさり、心話で言葉を交わせる蛟を友に数年を過ごしているうちに、瑞獣が人間に化けることは不思議でもなんでもないような気がしていたのだろう。むしろ、いつ人語を話す以上の能力を見せてくれるのか、期待していた節がある。

翠鱗は書棚奥の壁を刳《く》り貫《ぬ》いて、居心地のよい空間を作ってもらい、ふだんはそこに書籍や食べ物を持ち込んで過ごしている。天井裏にもつながっているので、このころには苻堅の妃宮《きさきみや》から厨房《ちゅうぼう》まで、東海王府を自在に移動して使用人たちの噂話にも耳を傾け、けっこうな情報通になっている。

「まだ刑は執行されてはいないが――」

暗澹《あんたん》たる思いをそのまま声音にのせて、苻堅は重たい息を吐いた。翠鱗は人間の子どものように無邪気な顔で訊ねる。

「朝廷で何があった？　都の空に、哀しみの気が満ちている」

長安に移り住んで以来、翠鱗の感覚はとても鋭くなっていた。一角の云《い》うところの、『霊力が安定』してきたのだろうか。苻堅は翠鱗のまるく澄んだ瞳を見つめて、ふたたび深い息をつく。

自分以外の人間に興味のない翠鱗にだけは、朝廷に垂れ込める重たい空気について愚痴がこぼせる。王府に住んでそろそろ三年になるのに、翠鱗は王府内の誰にもその存在と気配を気づかせていない。苻法が訪れるときだけ、兄弟が密談する場に顔を出すが、人語を解する蛟であることは伝えていない。

「先月、彗星《ほうきぼし》と熒惑《けいこく》の不穏な動きについて、天官が大喪と大臣の殺害が三年以内に起きると占ったことは話したな？」

翠鱗は翡翠色の目をまっすぐに苻堅に向けて、小さくうなずいた。

「本来ならば、そういう予言を受けたら、それを天子の徳が衰えている兆しであるとの天帝からの警告として解釈し、皇帝は身を慎み、大赦を下したり、臣下は施しをして貧民を救済したりして徳を積み、災厄を避けるための政策を立てるものだけど」

苻堅はそこで一度言葉を切った。青ざめた顔で、絞り出すようにして告げる。

「長生兄、いや陛下は、予言ならば三年も待たずに、いま成就させてしまえばよいと、皇后と現職の大臣らの処刑を命じた」

　翠鱗は顎を上げて、大気の匂いを嗅ぐように鼻をひくひくとさせた。その鼻先が正しく宮城のある方角へ向けられているところから、皇后と先帝に輔政《ほせい》を託された大臣らの横死を嘆く人々の気を、翠鱗が感じていることは確信できた。

「何も悪いことしていないのに？　新しい皇帝は、理不尽で頭の悪いやつなんだな。ちゃんと徳のある人間を皇帝にしないと、大秦はあと何年ももたないよ」

　翠鱗は苻堅こそ自分が護り導くべき聖王であると信じているので、苻生の暗愚っぷりを強く主張する。

「陛下の頭が悪い？　理不尽なのは同意するが、あの人はとんでもなく賢い」

　苻生が即位したとき、淮南王のころから王妃であった梁氏《りょうし》が皇后に立てられた。そして、星占いの予言をあえて成就させるために処刑される大臣のうち二名が、梁氏の親族なのだ。

「大喪というと、皇帝の服喪のことだと思うかもしれないが、太皇太后、皇太后、皇后の喪に服することも大喪という。つまり、尊属である母親や祖母を処刑するわけにはいかないから、妻だが他人の皇后とその外戚を人柱に立てたというわけさ。星占いの予言そのものが、梁一族の威勢を宮廷から取り除くための仕込みなのかもしれない」

「外戚が専横をふるって皇帝が弱くなってしまうのを止めるため？　八王の乱の火種になった恵帝《けいてい》の皇后の賈南風《かなんぷう》とその一族みたいな？　梁皇后ってそんな悪い女だったの？」

「特にそういう噂は聞かなかったが……」

一皇族に過ぎない苻堅に、後宮の内側のことまで知る術はないが、苻生が淮南王であった当時の梁王妃についても、よくも悪くも人の口に立つような噂はなかった。また、苻生と梁氏が不仲であったという話も聞いたことはなく、梁氏を排除したいと望むような寵妃《ちょうひ》も苻生の後宮にはいないはずなのだ。

だが、先帝の遺詔によって、多くの群臣から二名の梁氏が輔政の大臣に就いたことは、梁一族の発言力と威勢を物語っている。かれらの権力が伸張するのを、苻生とその寵臣《ちょうしん》らが嫌ったとしたら――

「しかも、十数人もいる重臣の中から処刑されたのが三人だ。皇后を入れて四人、そのうち三人が梁一族ということは、つまりそういうことなんだろう。予言には死すべき大臣の数は指定されていなかったのだから」

苻堅が自分の推理に確信を持ったのは、予言にかかわった天文学者と、上奏した官吏は一切罪を問われなかったことにもある。

不吉な占い結果を出した術者や、凶報をもたらした官吏は、処刑まではいかずとも降格や左遷の憂き目を見るものだ。それこそ本人らは忠実に責務を果たしただけなのだが、保身のための虚偽の報告をしたり、不利な情報を隠匿すれば、罪はさらに重く一族が巻き込まれる。実に理不尽な役回りではあるが、今回は誰も不吉な予言についてとばっちりを受けていない。

「ちゃんと仕事をしても罰を受けるなんて、なんだか気持ちの悪いところだね、朝廷って」

翠鱗は見開いた丸い目をくるくるとさせて、驚きあきれてみせる。その目の動きが人間ではないな、そういえばこいつはあまり瞬きをしないなと、苻堅の思考はふらりと脇道に逸れた。

人柱にされた梁一族を含む三人の大臣の席は、苻生の三人の寵臣によって即座に埋まった。筋書き通りというわけだ、と苻堅は朝堂に会したときに思った。この三人は奸計《かんけい》に耽《ふけ》る佞臣《ねいしん》との評判がささやかれ、朝廷はたちまち皇帝とその寵臣らの顔色を窺わねば、身の保全も難しい重苦しい空気に支配された。

さらにふた月後の木枯らしに冷え込む日、宮中を震撼《しんかん》させる事件が起きた。丞相の地位にあった雷弱児《らいじゃくじ》が処刑されたのだ。雷弱児は秦に服属する羌《きょう》族の首長のひとりで、苻洪《ふこう》の時代に輔国将軍に任じられ、以来三代に仕えてきた古参の忠臣であった。晋との戦いでは謀略を巡らして秦を勝利に導き、桓温の北伐でも晋軍の撃退に勲功を挙げ、その功績によって丞相に任じられた。

三代の主君に全身全霊をかけて仕えてきた矜持《きょうじ》がそうさせたのだろう。忠義を貫くことを己の使命としていたのか、たびたび苻生に諫言《かんげん》し、苻生の寵を笠に着て政治を私する佞臣らをも厳しく批判した。

この老臣を排除するために、佞臣らは苻生に讒言《ざんげん》するだけでよかった。

自分を殺そうとした祖父に仕えてきた口うるさい頑固な老人など、苻生は必要としていなかったからだ。

ただ、丞相の位にまで登った元勲の老臣までが、苻生に阿《おもね》る寵臣の口先ひとつで処刑されてしまう事実に、皇族も群臣も震え上がった。苻健と苻雄が新興の国造りをしていた時代を懐かしむ朝臣たちは、苻生とその寵臣に失意と不満を気取られないよう、吐く息でさえ押し殺さなくてはならなかった。

そして、悪貨は良貨を駆逐していくの喩えの通り、良心的な官吏はたちまち影を潜め、賄賂を使って佞臣らに取り入り、職権を濫用して私腹を肥やす官吏が増えていく。

年明けには、天文と予言書の讖緯《しんい》に通じた宰相の王堕《おうだ》が、佞臣の讒言によって処刑された。王堕は苻生によって任命された佞臣たちを憎み、朝議の際もかれらを無視し続けたために、恨みを買ったのだ。王堕は苻洪が自立するよりも前に、予言書の図讖《としん》を丹念に研究し、苻氏が一国の王となることを予見した人物でもあっただけに、創建以来の群臣たちは国の未来にかかる暗雲を避けがたいものと感じ始める。

しかし対外においては、西隣の涼を代替わりの隙をついて服属させ、大秦の威勢は河西回廊へと大きく伸びた。直後に東隣から鮮卑《せんぴ》族慕容《ぼよう》部の建てた燕が攻めてきたが、苻黄眉《ふこうび》と苻飛《ふひ》の皇族将軍に加え、これも猛将の誉れ高い鄧羌《とうきょう》を建節《けんせつ》将軍に任じて撃退させ、華々しい軍功を挙げた。

このとき、燕に呼応して兵を挙げた羌族の姚襄《ようじょう》が匈奴堡《きょうどほう》を攻撃した。苻生は同母の八弟苻柳《ふりゅう》を征東《せいとう》大将軍、并州牧《へいしゅうぼく》に任じて派兵したが姚襄には勝てず、匈奴堡を護っていた苻産《ふさん》は殺され守備兵を殺戮《さつりく》された。

かねてから諸胡の融和を志していた苻堅は、姚襄を利を以て誘い込み、封爵して懐柔することを献策した。姚襄の英傑ぶりは中原に名を馳《は》せていたことと、前年に雷弱児を誅殺したために離反した羌族を、呼び戻す意図もあった。

苻堅自身、かれの平和主義は苻生や群臣には異端の思想であることは自覚している。そこで、『優れた人物は敵対して遠ざければ、必ず深刻な害を為すであろうから、近くにおびき寄せ、利を以て油断させて、隙を見て討つのがよかろう』と進言すれば、誰も反対しなかった。

苻生はその策を採って姚襄に官爵を授けようとしたが、姚襄は使者を斬り任命書を焼き捨て、掠奪の限りを尽くして逃げた。苻生は大将軍張平《ちょうへい》に討伐を命じた一方で、効果のなかった策を献じた苻堅への咎《とが》めはなかった。張平が姚襄を惜敗させ、両者の間で和睦が為されたせいもあったかもしれない。

その一方で、橋の造営のために人員を徴発しようとした苻生に、農繁期の人手を奪わないよう進言した官吏は処刑された。苻堅の姚襄を懐柔しようとした献策は、生死の境が紙一重のきわどさではなかったかと、兄の苻法はもうあまり発言するなと弟に釘《くぎ》を刺した。

大秦は匈奴堡と将軍をひとり失ったものの、姚襄は平陽へ退いた。立て続けの軍事的成功によって、新皇帝への怖れは賞賛に置き換わる。軍事力の強さはそのまま国の強さであり、華々しい勝利と国威の拡張は、指導力のある主君によって治められているのだという信頼を民衆に植え付ける。

苻堅のような若輩の意見も採用し、結果は出せずとも罰はなく、軍功のあった将軍らには気前のいい報賞が授けられた。新皇帝の指導力も捨てたものではないと、群臣らの面《おもて》にも明るさが戻りつつあった初夏、光を集める季節とは裏腹に、ふたたび朝廷は息の詰まるような恐怖に陥った。

折悪《あ》しく長安を襲った嵐に人心が騒然とし、苻生が横暴な布告を吐いたことに、左《さ》光禄大夫《こうろくたいふ》の職にある強《きょう》皇太后の弟が苦言を呈したのだ。さらに苻生に酒量を控え、酒宴を減らし、日々の朝議を時間通り執り行うようにとも諫言した。

苻健、苻雄とは義兄弟にあたる創業の功臣でもあるこの人物は、大秦の行方を案じ、文字通り命をかけて外甥を説得しようとした。

先に皇后とその外戚である大臣らを躊躇《ちゆうちよ》なく処刑したとはいえ、氏族の重鎮として皇帝の顧問を務める外叔父の忠告であれば、苻生も耳を傾けるであろう。人々は床を見つめ誰とも目を合わせないようにしつつも、若き皇帝が政《まつりごと》の正道に立ち戻ってくれるよう、切実に祈った。

しかし激高した苻生は、直ちに外叔父の処刑を命じた。

いくらなんでも実母の弟を処刑させては、人心が大秦の皇室から離れてしまう。燕との戦争で大功を挙げた三人の将軍が助命を願い出たが、苻生はこの三人を左遷してしまった。

さすがにこの三将軍を殺してしまえば、大秦は三方から攻め込まれてあっという間に滅んでしまう。怒りを爆発させているように見えて、理性が働いたらしい。

とはいえ、処刑されなかっただけでも運がいいというものだったろう。

実弟が我が子の命によって殺される、それも頭を鑿《のみ》で打《う》ち貫《ぬ》かれるという、非常に残酷な方法によって処刑されたと聞き、強皇太后は憂いと怒りによって心身を蝕《むしば》まれ、間もなく世を去った。

死因は憂憤の病とされている。

「まさに石虎《せきこ》の再来ではないか」

苻堅の書斎を訪れては、苦々しい口調で現状に不平を漏らしていくのは兄の苻法だ。

「兄さん」

自邸にいながら、苻堅は小声で兄を窘める。何が舌禍の種となるかわからない時代となっていた。

至尊の座につくなり、本人の凶暴さと軍事力の強さを背景に、内政と人事は恣《ほしいまま》に権力をもてあそぶ。恐怖政治を敷いて趙を滅亡に導いた石虎に比肩することは事実ではあるが、漏れ聞かれれば反逆罪で獄に落とされるのは確実だ。

「陛下は、飲酒が過ぎる」

荇堅は国を滅ぼした暗君の共通点を指摘した。

「温厚な人間でも、ひどく酔えば人が変わる。でも陛下が誰の忠告にも耳を貸さない以上、わたしたちにできることはない。菁兄の二《せい》の舞を踏むようなことになっては、父上に合わせる顔がない。慎重に振る舞わなくてはならないよ」

荇生の立太子に不満であった従兄の荇菁は、先帝の荇健が病に伏せったとき、東宮に押し入って荇生の暗殺を試みたが失敗した。いくつもの戦で常に先陣に立ち、多大な功績のあった荇菁であったが、病床にあった荇健の怒りを買って直ちに処刑された。

常に出陣する荇雄のかたわらにあって、戦功を積み上げてきた荇菁は、荇堅ら祖父を同じくする従兄弟たちの手本であり、憧れであった。その荇菁が一切の釈明を許されず断罪された。

人望のない者が皇位に就いて最初にすることは、不穏分子の粛清だ。荇菁の造反は身内に対する荇生の疑心暗鬼に火を付けたことだろう。次は誰に荇生の怒りが向けられるかと、皇位を継ぐ資格のある公子たちは、刃《やいば》の冷たさをうなじに感じる毎日を送っている。

「先帝は、服属する六胡の首長や大臣で、皇帝の命に従わぬ者がいれば徐々に排除していくようにと、陛下に言い残したそうだ」

兄のささやきに、苻堅は重くつぶやき返した。

「徐々に……」

つまり苻生は、先帝の遺言を丁寧に果たしていると、言えないこともない。だが、苻健がこのような恐怖政治を息子に望んでいたはずはないのだ。

「堅は特に気をつけろよ」

苻法は隙を見せぬよう、弟にたびたび釘を刺した。

祖父の苻洪に可愛《かわい》がられていた苻堅に対して、同じ祖父に殺害を命じられるまでに憎まれていた苻生が、好感を抱いているはずがない。命の恩人であった苻雄が鬼籍に入ったいま、その息子の苻堅に対する苻生の心情は測りがたいものがある。

客観的に見れば、酒の勢いと佞臣の讒言《ざんげん》次第で、苻生の気に入らぬ親族と見做されていつ処刑されるかわからないのが現状だ。あからさまな反逆行為に出たり、叛意《はんい》を表したりしなくても、皇帝の素行を批判しただけで獄に投じられる。

身内の粛清が亡国の兆しであることは明白なのだが、渦中にあっては頭を下げ、口を閉ざして嵐の過ぎるのを待つしかない。

最も信頼する兄の法が自分に愚痴をこぼすのは、兄も自分を信頼してくれているからだというのはわかる。だが、祖父との因縁から、苻生に目を付けられやすい自分の処遇に兄を巻き込みたくない。

それでも、苻堅は兄にひとつの注意を促さずにはいられない。

「私は、丞相の雷弱児が誅殺されたことに、不安を感じます。三十六人に及ぶ息子や孫たちまで皆殺しにする必要があったのでしょうか。雷弱児に心を寄せていた羌族が、燕や涼、あるいは晋に寝返ることのないよう、手を打つ必要があるのではないでしょうか」

苻法は賛同にうなずきつつも、重いため息をついて同じ助言を繰り返した。

「もっともお気に入りの将軍だった鄧羌《とうきょう》でさえ、諫言が気に入らぬといって左遷されるのだ。いまはただ口を閉ざしておけ」

兄が帰ると、苻堅は天井を仰いで嘆いた。

「自邸でも落ち着いてくつろげない。父上も伯父上も、どうしてあんなに早く逝ってしまわれたのか」

心の内を漏らせるのは人外の翠鱗だけである。

「過ぎたことは変えられないよ。死んだ人は生き返らない」

人の子の姿で書斎の片付けをしていた翠鱗が、口を尖らして説教する。

「だから、ぼくが苻生の宮殿を探ってくるよ。どう見たって、苻生は聖王の器じゃない。このままじゃ、文玉のお父さんや伯父さんの仕事が無駄になってしまう」

翠鱗の申し出に、苻堅は眉間に皺を寄せる。

「探ってきてどうするんだ？　隠遁《いんとん》の術を使って暗殺でもしてくるつもりか。わたしはおまえに弑逆《しいぎゃく》の罪を犯させるつもりはない」

叱りつける口調の苻堅に、翠鱗は緑色の目をくるくるとさせて失笑した。

「暗殺とか考えつかなかった。文玉は、酒の毒が苻生の心を冒していると思っているんでしょう？　だったら自分から墓穴を掘るように、もっと酒を飲ませたらいいんじゃないかな。正気をなくして統治能力をなくしてしまうまで。徳のない王は天命を失うのが天道だ。そうしたら、文玉が皇帝になればいい」

苻堅は目を瞠って翠鱗を見つめ、それから笑い出す。

「伯父上の男子はまだ何人もいるというのに、従兄弟たちを差し置いてわたしが皇帝になどなれない。父上が丞相の位で人臣を極めたのだから、わたしが目指すのは丞相であるべきだ。それに、皇帝というのは世人が思うほど、自在に国政に関われるわけではないんだ。国を縦横に駆け回って、宮中から庶民の生活まで目を配り、政策を施すには、行政に直接関われる丞相がちょうどいい」

「別に、皇帝がそうしてもいいと思うけど？　尭《ぎょう》も舜《しゅん》もそうしていたんでしょ？　大秦はまだ創建の真っ最中だから、皇帝自ら四方四海を走り回って国を治めたらいいんだ」

断言する翠鱗に、苻堅は面食らって言葉に詰まる。翠鱗はかまわず続けた。

「文玉には、こんな国を創りたい、って理想があるのに、苻生が皇帝じゃ何もできないじゃないか。たとえ他の従兄弟たちを皇帝の椅子に座らせても、苻生みたいに自分の享楽を優先させるだけじゃなくて、頭の悪い自分の利益しか考えない佞臣ばかり重用したら、やりたいことは何もできない。少なくとも、苻生が皇帝をやっているあいだは、文玉は丞相にはなれないよ。それは確かだ」

翠鱗は、苻堅が自分の護るべき聖王だと信じているので、苻堅が皇帝になるのが当然と考えているし、それは天命による決定事項だと思い込んでいる。そして、現状としては、苻健と苻雄の兄弟が早世し、早くも大秦の屋台骨はぐらつき始めていることも実感していた。

一日も早く、苻堅と苻法の兄弟が主導権を握って、伯父と父がそうしていたように朝廷を動かさなければ、大秦は東の燕や南の晋に領土を削り取られ、やがては滅ぼされてしまうという焦りを、翠鱗は覚えていた。

それは、王猛という傑出した人材を得たことで、確信となっていたのだ。

「丞相とか宰相には、もう相応しい人間がいるじゃないか。王佐の才を見いだしたんだから、天命を信じて進むしかないよ」

翠鱗の力強い説得に、苻堅はかえって首をかしげる。

「大逆を犯して皇位を得るのは簒奪だ。聖王の取る手段ではないと思うが」

「天子が徳を失えば、同姓の同族でも有徳の人間が天命を革めることはある。それは簒奪じゃないよ。要は苻生が夏の桀《けつ》、殷《いん》の紂王《ちゅうおう》のような暴虐な人間で、周の幽王《ゆうおう》なみに愚かな支配者だと証明できればいいんだから」

苻生が天子に相応しい人間だとは、苻堅も思わない。だが、皇帝を弑《しい》してその座に就くのが自分であるという光景は、どうにも受け入れがたかった。

東海王府に棲みついてから、苻堅の書斎で山のような書物を繰り返し読み込み、人界の歴史について学び、一角と過ごした日々とかれの天命について考察する時間が、翠鱗にはたっぷりあった。さらに、この一年あまりの苻堅と王猛の交際をかたわらで聞いているうちに、習わぬ経を覚える門前の小僧のように、かれなりの持論を組み立てていた。

いまがその考察を披露するときだと、翠鱗は胸を張って演説を始めた。

「文玉は子どものときから儒教や老荘の思想を学んできたから、体と魂は氐族なのに、倫理観は漢族の嫡流主義を信じているんだよね。でも諸胡の民にとっては、その時々で最も強い者が天下を支配するのが天道だ。嫡流かどうかとか、兄弟の順番も関係ない。強さが大義なんだ。鮮卑も氐族も例外じゃない。どれだけ虐げられても、強い者についていくのが生き残る道だと信じている。だから匈奴の劉漢も劉趙も、羯《けつ》族の石趙も、力でねじ伏せるだけの人間が至高の座を奪い合って、国を衰えさせて滅ぼしてしまう。石虎が趙を滅ぼしたのと同じことが、大秦では苻生によって繰り返されようとしているって、もうみんなわかっているのに、力の信仰から逃れられないでいるんだ。文玉は大秦にもふたつの趙と同じ道を辿って欲しいの？　苻生を倒して、力と恐怖で国を滅ぼす連鎖を断ち切ることが、ぼくらに課せられた天命ではないのかな」

見た目は七つか八つの子どもの口から、国家の盛衰について説教をされている異様さはともかく、苻堅は翠鱗の論に一理あることは認めざるを得なかった。

むしろ、いままで苻堅が気づけずにいた、胡漢それぞれが持つ、治国観についての決定的な違いにはうなずくしかない。

従兄の苻菁が、先帝が病に伏せったと知ると、たちまち皇太子の苻生を殺して自立しようとしたのは、まさしく力が正義の西戎《せいじゅう》の倫理であった。主流の支配力が弱まり、後継者が暗愚であると見て、己の力で自立しようとしたのだ。もし成功していれば、いまごろは苻菁が皇帝になっていただろう。そして氏族と諸胡の廷臣たちは、誰も異義を申し立てなかったろう。

苻菁は祖父の早世した長男の子であるから、勇猛ではあるが暴虐ではない苻菁が帝位を主張すれば、即位に不当性を唱える者もなかったであろう。

だが、苻生を暗殺する場を誤り、先帝が一時的に回復したことから時機を違えてしまった苻菁は破滅してしまった。

「ことは慎重に運ばなければ、菁兄の二の舞になるだけだ」

苻堅は翠鱗の考えに同調しつつある自分を自覚しつつ、兄を窘めたときと同じ言葉を繰り返し、気を引き締める。翠鱗は手応えを感じて微笑んだ。

「だから、時機を待つ間に、調べておくことがたくさんあるんだよ」

「無茶はするな」

半ばあきらめ気味に、苻堅は人外の友に念を押した。

第九章　二雄対決

苻堅《ふけん》が二十歳になった年に、羌族《きょう》の首長姚襄《ようじょう》が関中へと攻め込んだ。

姚襄の父、姚弋仲《ようよくちゅう》は、苻堅の祖父苻洪《ふこう》と同様に、晋《しん》の皇族が互いに相争った八王の乱と、異民族の勢力が前の晋を圧倒し滅ぼした永嘉《えいか》の乱から台頭してきた五胡のひとつ、羌族の盟主であった。永嘉の乱ののちは劉曜《りゅうよう》の趙《ちょう》に従い、劉趙が滅ぶと石勒《せきろく》の趙に服属し、石趙が冉閔《ぜんびん》によって混乱したときは反旗を翻して冉魏《ぜんぎ》と戦い、これを大敗させた。またこの時期、関中の覇権をかけて氐族《てい》の秦とも幾度か戦ったが、そのたびに敗北し、やがて石趙が滅ぶと江南の建康に南遷した晋に降伏することを選んだ。

冉閔の乱によって石趙が瓦解し始めたときに、早々に自立して長安を征し、関中に国を建てた氐族の苻氏とは異なり、羌族の姚氏は絶えず周囲の有力諸国の間を揺れて漂い、自立の機会を逃した観がある。

苻健《ふけん》が大秦の皇帝に即位した年、姚弋仲は病没した。その地位を継いだ姚襄は晋に服属してその力を借り、あるいは西の涼と結び、また東の燕に帰順の使者を送るなどして、絶えず秦に戦を仕掛け、関中攻略を続けた。拠る大木を替え続けるという、父親と同じ路線を継承したかに見えていた姚襄であったが、前年には晋から離反し、ほぼ独力で関中の攻略を再開したという。晋と袂《たもと》を分かつことで、ついに真の意味での自立を目指したのだろう。

「しぶといやつだ」

朝廷における軍議の中心で苻生《ふせい》は吐き捨てる。

苻堅は鄧羌《とうきょう》とともに前将軍に任じられた。

出陣に備えて甲冑と武器を用意させる苻堅を手伝いつつ、翠鱗《すいりん》は自分も連れてゆくよう懇願する。苻堅は困惑して首を横に振った。

「もう少し、年のいった少年に変化できれば、小姓として連れて行くことはできるが、いまの姿では幼すぎて従軍はさせられない」

変化の術では、本体の成熟度に応じた外見しかとれない。人間の翠鱗は十歳にも見えないために、従卒にも小姓にもなれないということであった。

「でも、ぼくがついていれば流れ矢に当たらなくなるから、絶対にいっしょに居た方がいい」

「ずいぶんな自信だな。何を根拠にそう思う？」

苻堅は噴き出しそうになり、笑いを抑えようとして唇を震わせる。

「連れて行けばわかるよ」

翠鱗は並べられた武具のうち、箙《えびら》を選んで抱き上げた。人の姿が溶けて細長い蛟に変じ、箙と似たような色合いの、青錆《さ》びた銅の装飾具に擬態した。

苻堅が箙を取り上げると、翠鱗の目玉だけがくるりと動いた。

――この位置なら、後にも目を配ることができる――

箙は右腰、鞍の後側に装備する。苻堅の目尻が下がった。

「背中を護ってくれるのか」

将軍ともなれば、常に二騎以上の護衛がつき、混戦中でも背後には替え馬を引く従卒が従うものだ。だから翠鱗の存在が背後からの備えにも有用であるという主張は、無用の善意ではある。

翠鱗はいまだに、自分の一部を苻堅に与えることで、霊力を分け与えるやり方を知り得ないでいた。桓温《かんおん》の長安攻略のときは、脊梁突起のひとかけらの鱗に自分の霊力を込めて苻堅に持たせたが、攻城戦にはならなかった。護符としての実効を知る以前に、桓温は兵を退いてしまったのだ。

一角は『そのときがきたら自然とわかる』と言っていたが、苻堅が前将軍を務めなくてはならない大きな戦を前にして、鱗一枚を預けるだけではどうにも心許《こころもと》ないという気がしている。

姚襄は知謀と勇猛さで世に知れた、羌族の英雄であった。その姚襄の率いる精強な軍兵を相手に、先陣に立って剣戟《けんげき》を交わすことを思うと、翠鱗は一枚の鱗に込めた霊力では守り切れない確信があった。目の届くところで、持てる霊力を振り絞って不慮の災難を遠ざけるのでなければ、とても守護獣としての役目は果たすことはできないだろう。

春から夏の新緑の濃くなる長安を、一万五千の姚襄討伐軍が出立する。

武者震いを押し隠して愛馬を進める苻堅に、歴戦の驍将《ぎょうしょう》鄧羌が声をかけた。

「東海王は、これが初陣であられるか」

尊敬する先達を前に、苻堅は喜びと緊張で固くなる。

「長安を都と定める前には、州境の警邏や盗賊退治を任せられることはありましたが、千や万を超える軍隊のぶつかり合う戦は、これが初めてです」

「姚襄の軍なぞ、盗賊退治の規模が大きくなったくらいのものだ。やつは二十六、七とまだ若く、父弋仲《よくちゅう》の死後は大単于《だいぜんう》を自称している。しかし、晋に背いてからは桓温にも張平《ちょうへい》にも負け続けだ。自立を急いでいるであろうし、手綱を締める老将はおらぬようだから、やつの焦りや功名心を煽《あお》れば、決着にそれほど時間はかかるまい」

鄧羌は大笑し、熊のように大きな掌で苻堅の肩を叩く。

「だが、羌族の強さは侮れぬ。精強かつ統率のとれた盗賊が万で攻めてくると、覚悟しておいた方がよいな」

それが気の利いた冗談だと思ったのか、鄧羌は再び呵々《かか》と大笑した。苻堅は表情を改めて、戦の先達に向き合う。

「羌族はつねに、漢族や匈奴《きょうど》、そして羯《けつ》に服属してきました。ならば我ら氐《てい》族にも臣従させることは、叶わないものでしょうか」

鄧羌は戦傷が幾筋も残る頬を歪めた。微笑なのか顰《しか》め面《つら》を造ったのかは判別し難い。だが、苻堅を見つめ返す瞳には、戸惑いが浮かんでいる。

「太古の昔から広大な版図を誇った中原の先住民たる漢族や、北方の覇王匈奴と異なり、羌族と氐族は言葉も風俗も似ており、どちらも秦州《しんしゅう》を父祖の地と主張している。また、氐は大昔に羌から分かれて中原に移住した、一分派であると主張する羌人もいる。つまり、氐こそ羌の一部であり、羌に仕えるべきというわけだ。真相はともかく、実力の伯仲した、仲の悪い兄弟のようなものだ。それがゆえに、羌族は氏族の風下に立つことは我慢ならんだろう。東海王は対等もしくは格下と見做した相手に、頭を下げて仕えたいと思うか」

探るような鄧羌の口調に、苻堅はふだんから考えていることを、初めて身内以外の重臣に打ち明ける。

「仕える相手の能力が自分より上でなければならないとは、思ったことはありません。みな、各々《おのおの》が必要とされる才能や能力を持ち合わせ、それぞれの資質を活《い》かすことで成り立つ国が、栄えるのではないでしょうか。特に抜きん出た能力をもたなかったとしても、己の分を尽くして働けば、兄弟のどちらが上に立とうと、些細《ささい》な問題ではないかと思います」

鄧羌はもともとぎょろりと飛び出た目を、さらに大きく見開いて苻堅を見つめ、また呵々と笑い出す。こんどは身を折り、鎧の上から腹を叩いての大笑いだ。ひとしきり笑って、目尻の涙を節くれ立った太い指で拭う。

「みなが東海王のように考えれば、この世は争いもなく太平に治まるかもしれぬ。それでは姚襄とその弟たちを生け捕りにして、説得でも試みるか」

「生け捕りが可能ならば、話し合ってみたいものです」

鄧羌は唇を一文字に引いて考え込み、一度だけうなずいた。

「東に鮮卑《せんぴ》の燕《えん》、北は匈奴の鉄弗部《てつふつぶ》、西を漢族の涼、南は晋に囲まれた我が国の護りに、羌族の強兵が組み込まれれば、これほど心強いことはない」

同意ともとれる鄧羌の言に、苻堅の胸は期待に弾む。しかし、鄧羌は眉を寄せて嘆息した。

「とはいえ、先代の姚弋仲《ようよくちゅう》は、石氏の恩顧を受けて趙の石虎《せきこ》に仕えておったくせに、死に際に『戎狄《じゅうてき》で天子になった者はいない』だの、『臣節は晋に尽くすべし』と姚襄に言い残したという。姚襄が父親の遺言を後生大事に抱えているとしたら、同じ西戎《せいじゅう》の氏族に降《くだ》らせるのは難しいだろう」

苻堅の胸に抱いた風灯が、あっさりと消えてしぼんでしまう。

「羌族にしても、それぞれが首長を戴く大小の氏《し》族の寄せ集めにすぎない。姚襄が召集した羌族は二万七千を号しているという話だが、姚襄の個人的な統率力に惹かれて集まってきた連中は、統率者がいなくなればあっという間に雲散する」

「つまり、姚襄を説得できれば、羌族を従えることは可能ということですね」

消えかかっていた希望が息を吹き返し、苻堅の頰に笑みが戻る。

「姚襄はこれまでの戦歴から見れば、とても優秀な将軍であります。晋と戦うときは得がたい人材になると思います。無駄に命を落とす前に、我が軍に降るよう説得できないものでしょうか」

鄧羌は怪訝そうに苻堅の顔を見て、かぶりを振った。敗者を説得したところで、死か服従かの選択肢しか与えないのでは、力尽くで従わせることに違いはない。

「可能ならば姚襄を捕らえて、東海王のもとへ連れてこよう。だがまずは一戦して、彼我の力の差をやつの骨髄に刻みつけておかねば、服従などさせられん」

苻堅は「可能ならば」と鄧羌に応えて騎乗した。

長安を発ち、北へと行進する大秦軍の中ほどにあって、苻堅は鄧羌との会話を思い返していた。その心を読んだかのように、翠鱗が心話で話しかけてくる。

――鄧羌って、名前が羌なの？　氐人なのに――

素朴な質問であるが、苻堅は応えに困った。

「鄧羌の家系は、光武帝《こうぶてい》の雲台二十八将のひとりを先祖とする、漢族の名門だ。もっとも、光武帝の時代から三百年が過ぎているし、鄧羌自身は羌と氐の居住区が重なる秦州北部の生まれであるから、祖先が羌や氐と通婚している可能性もある。それから、羌族の戦士は剽悍《ひょうかん》で強い。強い武人に育って欲しいと親が思えば、そのように名付けることはあるかもしれない」

――文玉《ぶんぎょく》は？　堅って、どうして堅なの？――

翠鱗は人間の発明した文字に、並々ならぬ関心を抱いていた。文字の成り立ちや、名付けに選ばれる漢字にもいちいち理由を聞いてくる。近侍の長児《ちょうじ》などは、とくに意味があるわけではなく、呼び名という記号に過ぎないことも納得した。また、異民族の名前や地名などは、漢語で表記するために単に音を当てただけであることも最近になって理解した。

「生まれたときに、背中に文字のように見える痣《あざ》があったからだ。並べると『堅』という漢字になるというので、祖父様がそう名付けた」

――いまもある？　あとで見せて。他の兄弟も？　苻法《ふほう》や苻生の背中にも、漢字の痣があるの？　人間て、名前を背負って生まれてくるものなの？――

「知らん」

苻堅は翠鱗の追及に閉口して、素っ気なく答えた。

翠鱗は時に好奇心に火がつき、幼児のように脈絡のない質問攻めが止まらなくなる。黙々と馬を進めるだけの行軍では時間潰しにはなるのだが、箙の装飾品に擬態している翠鱗に話しかけている様は、周囲の目が気になるところだ。

斥候のもたらした報せによれば、姚襄の立て籠もる杏城《きょうじょう》は深い濠《ほり》と高く積み上げた塁壁によって、固く守られている。北方から諸部族を召集しておきながら決戦を挑むのではなく、籠城の構えを取る姚襄の真意と大秦の取るべき戦略について、布陣を終えた大秦の帷幄《いあく》では、軍議が諮られた。

総大将に任じられたのは、苻堅の従兄では最年長かつ歴戦の将である苻黄眉《ふこうび》であった。威風堂々とはかれのためにある言葉で、勇猛と謀略の才を両方兼ね備えているとの評判も高い。苻雄《ふゆう》の去ったのちは黄眉が皇族将軍の筆頭でもあった。黄眉は祖父の長子の子で、苻堅とは親子に近い年齢差があり、先の苻生暗殺に失敗して処刑された苻菁《ふせい》の兄でもある。

だが弟の企てた政変には加担しておらず、実弟よりも従弟の苻生と親しくしていたこともあり、苻生の即位後は広平王《こうへいおう》に昇封されていた。

鄧羌とも長年の戦友として親密な付き合いがあり、前年に皇太后の弟が諫言によって投獄されたときに、鄧羌とともに助命を願いでて苻生の怒りを買い、仲よく左遷された経歴がある。

姚襄の討伐命令は、二将軍に手柄を挙げさせて、中央に返り咲かせる和解の口実とも受け取れる。そして、大秦の二柱たる将軍の間に、少壮の苻堅を挟み込む苻生の真意も、気になるところではある。

　苻生の即位以来、誅殺されてきた臣下と皇族の面々を苻堅は思い返す。その多くは処刑されなければならないほどの罪を犯したとも思えないが、即位したての皇帝を煩わせなくてはならないほど重要な諫言であったかといえば、そうともいえない。むしろ典礼のささいな解釈の対立や、前例を踏襲しない新皇帝の素行批判など、箱の隅を楊枝《ようじ》で突《つつ》くような事案であった。苻生のような性格の男には我慢がならなかったのかもしれない。

　苻菁が処刑されたときは、苻生にとって邪魔な皇族男子を排除すべく、粛清の嵐が吹き荒れるのではと皆を怖れさせた。だが、苻萇《ふちょう》が死去したのちに、次男と三男を差し置いて皇太子候補に挙がっていた八男の晋王苻柳《しんおうふりゅう》は、苻生の即位後も誅殺される気配はなく、征東《せいとう》大将軍に任じられ涼を服属させたときも手柄を立てている。

　そういう意味では、苻生は既存の確執にこだわるところのない能力主義者なのかもしれない。

　とはいえ、内容の軽重にかかわらず、諫言するたびに命を懸けなくてはいけないような君主を戴くのは、好ましい国の在り方ではない。苻堅が理想とする『兼愛無私』と『諸族融和』を掲げる国家像を共有できる君主には相応しいとは思えなかった。

兄の法や翠鱗、また表立っては沈黙を守っている父の代からの忠臣たちからじわじわと煽られているせいでもないが、苻生は天子の徳が具わっていないことは認めざるを得ない。だからといって、翠鱗の言うように自分が苻生に成り代わろうとまでは思い切れずにいた。むしろ長幼の序に従い、兄の法を帝位につけて、自分はその補佐をしたい。兄ならば、自分の勧める政策を全面的に後押ししてくれるだろう。

しかし、いまはそのような雑念は頭の隅に追いやって、苻黄眉と鄧羌の立てる作戦に意識を集中する。苻生の器が君主としてどうであろうと、苻堅はこの一戦で一軍の将として実績を上げなくてはならないのだ。苻生に成り代わって臣民を従えるには、桓温の北伐のときに苻生が成し遂げたのと等しいか、それ以上のめざましい戦績を打ち立てなくてはならない。

軍議の卓には、姚襄の立て籠もる城と、姚襄の兄弟と従兄弟らが押さえている近隣の城砦が描き込まれた地図が広げられている。敵の兵数は二万七千、迎え撃つ大秦は一万五千と、数の上では不利である。しかも、姚襄は城の守りを固めて打って出てくる気配がない。

「麦の収穫期ですから籠城は難しくないでしょうし、周囲の城に割拠する羌族を牽制《けんせい》しつつ、姚襄の城を囲むほどの兵力が、我々には足りていません」

意見を求められた苻堅は、常識的な見解を述べた。そのあとに苻黄眉が付け加える。

「涼か燕からの応援でも恃《たの》んでいるのだろう。とはいえ、北族の支援を得て二万七千とは少なすぎる。黄土高原《こうどこうげん》の匈奴鉄弗部《てつふつ》は参戦を断ったのだろうな」

黄河が『几《き》』の形に屈曲した内側の黄土高原は、北岸が鮮卑族、南岸から長城までを匈奴鉄弗部、長城の内側から渭水《いすい》付近までは羌胡雑居域《きようこ》と層になって分かれている。陝西《せんせい》から涼までは魏晋趙《ぎしんちよう》の領域であったが、永嘉の乱の前後から中原に移住していた諸胡の境界は、すでにあってないような状態であった。

その勢力を描き分けた地図を見た苻堅は、一時は華北を統一した石趙が崩壊してから、諸胡と漢族が入り乱れて割拠する現状を再認識した。たとえ羌族が関中から氐族を追い出しても、周囲の異民族の力を借りてのことであれば、四辺の領土を割譲するなどの条件つきであろう。姚襄の建てる国は、現在の大秦よりもはるかに小さく、その端緒から周囲の強国にその存続を脅かされることになる。

「氐族と羌族を併せれば、燕よりも広範で、晋よりも強大な国となるでしょうに」

苻堅が学問を志したときに、祖父は孫の向学心に喜びつつも、『おまえは戎狄の異類なのに、酒よりも学問を好むのか』と異民族の出自を自嘲した言動を思い出し、思わずつぶやく。

異類の戎狄という意味では、氐も羌もほぼ同族なのだ。なぜ、互いを潰すのに異民族の力を借りなくてはならないのか。なぜ、ともに戦い、ともに暮らせないのか。

苻堅のつぶやきを耳にした苻黄眉は、従弟の年若さに苦笑する。

「頭が二つある蛇は、互いに食い合うしかあるまい。だが頭である姚氏の主流を叩き潰せば、氐族が羌族を従えることは可能であろうよ」

苻堅は思い切って心の内に燻《くすぶ》る思いを口にする。

「姚襄の器と武勇は、傑出した英雄と讃えられた呉《ご》の孫策《そんさく》も超えるとも言われています。叩き潰すには惜しいと思うのです」

鄧羌に話したことを、総大将の従兄にも訴えた。苻黄眉も鄧羌も、苻堅がよちよち歩きのころから戦場に立ち、いくつもの死線を越えて勇名を馳せた猛者だ。苻堅の意見をまともに取り合ってくれるとは思っていない。それでも、姚襄は一声上げるだけで二万の兵がたちどころに集まる人傑だ。会って話をしてみたいと、苻堅はずっと考えていた。

苻黄眉は唇を歪めて、鼻で笑った。

「剛直だが猪突《ちょとつ》猛進で軽率なところも、姚襄は孫策に似ているな。昨年は洛陽の攻略を試みたが桓温に大敗して西へ追われた。やつは失地回復のために焦っている。煽られれば、いつまでも巣穴にこもってはいられない」

姚襄の戦績と戦い方を知り尽くした鄧羌は苻黄眉に同意し、羌兵を城から引きずり出すことは難しくないと断言した。

「叩き潰す頭は姚襄ひとつ。真に怖れるべきは姚襄麾下《きか》の騎兵およそ七千のみ。残りの二万は烏合《うごう》の衆だ。我々は軍を三隊に分け、一隊が囮《おとり》となって頭を巣穴から引きずり出し、本陣から充分引き離したところで待ち構えていた二隊が挟撃し、三隊で包囲し姚襄の軍を叩き潰す。あとは頭を失った蛇の胴体が、のたうち息絶えるのを待てばいい」

敵を煽り、姚襄を誘い出すのは、用兵に長けた建節将軍の鄧羌と三千の騎兵が引き受ける。主将たる衛大将軍の苻黄眉と、龍驤将軍の苻堅は、二軍に分かれて遠く後退し、鄧羌隊を追撃してくるであろう姚襄の軍を待ち構える。後詰めであった平北《へいほく》将軍の苻道《ふどう》は、近くの城砦に拠る姚襄の従兄を牽制するために、兵を率いて密かに北へと兵を移動させた。

決戦場となる三原《さんげん》へと陣を張った苻堅は、鄧羌の作戦が成功するのかと、手に汗を握って大軍の馬蹄が大地を揺るがす音を待ち構えた。

もしも姚襄が鄧羌の意図を察していれば、挑発に乗って城を打って出ることはないであろうし、そうなればたった三千騎で塁門を攻める鄧羌の騎兵隊は、姚襄の放つ強兵らと北方からの援軍に包囲されて、殲滅《せんめつ》させられてしまうかもしれない。

配下の伏兵を谷の死角にひそませ、苻堅は数人の側近を連れて途中まで引き返した。杏城を展望できる丘に登る。開けた場所に出ると馬を下り、なるべく木々や灌木《かんぼく》の茂みに隠れるようにして、姚襄の軍を挑発する鄧羌の戦術を観察した。

鄧羌は堂々と正面から杏城を攻め、こちらの予測よりも早く城門が開き、姚襄が打って出た。姚襄軍の勢いは凄まじく、鄧羌の隊が自軍の半数以下と見て、一気に叩き潰すつもりであるらしい。数では圧倒された鄧羌の騎兵隊は、戦いつつじわじわと後退する。

「なんて巧みなんだ。姚襄が手玉に取られている」

見ているうちに、今日中に決着のつく予感に興奮が高まる。

鄧羌の騎兵隊は、一気に襲いかかってきた姚襄の勢いに押され、泡を食ったように後退しつつも、追い払われて逃げ散るところまでいかない。いまにも姚襄軍に包囲されそうに見えていながら、数を減らすことなく確実に退いてる。

数の差は倍以上もあるのに、姚襄軍は鄧羌の掌の上で転がされているようだ。姚襄が挑発に乗って城から離れたのを見て、作戦が順調であると判断し、苻堅はすぐに兵を伏せてある三原へと引き返した。

おびき出された敵に襲いかかる瞬間を、間違えてはならない。

苻堅は息を詰めて北の空に立ち上る砂塵《さじん》をにらみつけ、万騎の蹄が立てる地響きを全身で感じた。緊張が高まる。

すでに、敵の主将を生け捕りにしたいとか、多くを殺さずにすむ方法があれば、などといった考えは微塵《みじん》も残っていなかった。この怒濤のごとき人馬の進撃へと切り込んでしまえば、自分が生き残れるかどうかもわからないのだ。

あの怒号と戦塵の中へ何度も切り込み、無数の首級を挙げて生還した苻生の勇気と実力を、先帝が皇帝位に相応しいと判断したのも無理はない。そして、自分にも同等の武勲を挙げる機会が巡ってきた。

大気と大地を揺るがして迫り来る振動に、苻堅は全身の感覚と意識を集中した。

兵士らに弓に矢をつがえ、構えるよう命じる。

鄧羌の騎兵隊が、轟音《ごうおん》とともに草むらにひそむ苻堅らの前を駆け抜ける。視界が砂煙で閉ざされたが、音と振動が弱まり遠ざかり、次の轟音が再び高まり接近してくる。

苻堅は弓を引き絞るよう、片手を上げて兵士らに指示を出す。次の集団が駆け抜ける瞬間を捉える。土煙の向こうに見えるのは、大秦の旗と装備ではない。

苻堅が手を振り下ろすと、無数の弓弦が耳を聾《ろう》する轟音を響《どよ》もし、無数の矢が暴風と化して空を黒く染め、羌兵の群れへと襲いかかった。

――父上！――

苻堅は亡き苻雄の魂に武運と加護を祈り、突撃の号令を上げた。同時に鉾《ほこ》を構え、馬の腹を蹴り、降り注ぐ矢の雨に混乱する敵兵の側面へと、自ら先陣を切った。

疾走する勢いで、最初の標的の脇腹を鉾で貫き鞍から突き落とす。落馬した敵の生死を確かめるひまもなく、鉾の柄を持ち替えて刃を抜き取り、構え直すと同時に右手から襲いかかってくる敵の顔面に突き出した。

肉を裂き骨を砕く感触が柄から掌へと伝わり、体内の血が滾《たぎ》る。

学問好きの文士として知られる苻堅ではあるが、秦の将としての訓練は日々欠かしたことはない。また、氐族は漢族からは異類と蔑まれる西戎のひとつであり、匈奴や鮮卑、そして羌族と同じように、一介の牧夫または農夫に至るまで好戦的な種族であった。

頰を叩く熱いぬめりが、たったいま切り裂いた敵兵の喉首から迸《ほとばし》った血飛沫《ちしぶき》と知る前に、ふだんの温厚な文士の苻堅は消え去り、何世代前の先祖らと変わらぬ氏族戦士の人格が甦った。

ただひたすらに、斃《たお》すべき標的を求めて馬を駆る。

罠《わな》に誘い込まれた姚襄軍を、待ち構えていた苻黄眉と苻堅の隊が両側面から攻撃するのと同時に、敗走していたはずの鄧羌隊が反転して前方から襲いかかる。唯一空いている後方の撤退路も、たちまち塞がれ混乱した状況に、羌族の兵士らは死に物狂いで戦うしかなくなった。

敵陣へ突撃したときは、前方にいて側面を見せている将兵はすべて敵であると、苻堅と秦の兵士らは手当たり次第に鉾を突き、あるいは薙ぎ払って討ち取り落馬させていく。絶望的な戦況ながらも、死兵となってひとりでも多くの秦兵を地獄へ道連れにしようと奮戦する羌族の兵士らにとって、苻堅の美々しい甲冑と戦塵の中で翻る赤染め馬尾の冑飾《かぶとかざ》りは、格好の標的となった。

悲鳴と怒号、馬の嘶《いなな》きと甲冑のぶつかり合う音、砂埃《すなぼこり》と土煙の向こうから次々と現れる騎兵を瞬時に敵か味方か判断し、敵であれば躊躇せずに鉾を突き出す。すでに時間の経過も定かではなく、激しい動きにひりつく喉を潤す水を求め、頬を伝う自らの汗と、飛び散る敵の血を舐め取ろうと、無意識に舌を伸ばす。ざらざらした砂埃の感触と、鉄と塩の味をおぼろに感じているうちに、苻堅の周囲には秦の軍装姿が増えてきた。

だが、羌族の勢いはまだまだ盛んで、退却の気色もなく追い詰められた獣の群れのように立ち向かってくる。

「翠鱗、姚襄はどこだ！　顔の黒い奔馬を探せ」

苻堅は無意識に吠《ほ》えた。姚襄は必ず突撃隊の先鋒《せんぽう》にあって、戦っているはずであった。どれほどの混戦であろうと、ひときわ目立つであろう総大将の格式高い甲冑に加え、一日に千里を征《ゆ》くという評判の、黒ずんだ黄色の毛並みに黒い鼻面という特徴を備えた名馬を見落とすことはあり得ない。

――この位置からは何も見えないよ――

翠鱗は激しく揺れる箙にしがみついて、持てる霊力で苻堅と乗馬を覆う結界を張るのに精一杯だ。さっきも地に伏した羌族の兵が、最後の力を振り絞って苻堅に放った矢を逸らせたばかりであった。

苻堅の鎧や馬の尻を掠《かす》めてゆく流れ矢と、敵の負傷者が馬の脚を狙って突き出す鉾や戦斧《せんぷ》は、あらゆる方向から飛んでくる。苻堅の護衛は、あまりの混戦ぶりと累々と積み重なる屍《しかばね》、断末魔のうめき声を上げる負傷者に阻まれて、主人から遠ざかりがちになっていた。

翠鱗は一角と異なり、死と血の臭いに対して苦痛を感じない。だが、張り巡らせた霊力を鋭利な金属が掠めると、鋭い剃刀《かみそり》で鱗を抉《えぐ》り取《と》られる痛みが走った。

――痛い――

翠鱗は鱗を剝がされるような痛みが走るたびに、歯を食いしばった。できるなら、苻堅の叫びに応えて姚襄の乗馬を見つけたかった。姚襄を討ち取れば、この戦は終わるのだ。だが、戦が終わるまで結界を保てるかどうかわからない。

ふわっと体が浮き上がる感触に、翠鱗は慌てて鬣にしがみつく四肢に力を込めた。苻堅の馬が嘶きつつ後脚で立ち上がり、体当たりしてきた敵将の馬に前脚の蹄を叩きつけた。武器を失ったらしき敵将が、馬ごと突っ込んできたのだ。敵の馬は片方の前脚から崩れながらも、苻堅の馬首に嚙みつく勢いで倒れた。翠鱗の目の前で、目を血走らせた戦馬の大きく開いた口がガツンと閉じ、どうと横様に倒れた。直後に地面に叩きつけられ転がってゆく冑首《かぶとくび》。その馬の顔が黒かどうか見届けようと、うっかり首を伸ばしていたら、翠鱗の頭は敵の馬に嚙み千切られていたかもしれない。

どちらも祖先は遊牧を基幹とする騎馬民族同士の、人馬一体となった凄惨な戦いぶりに、翠鱗はすっかり肝が冷えてしまう。

押し寄せる波のように、羌の主将討たれるの報が、苻堅と翠鱗の耳にも届いた。攻撃本能だけで動いていた苻堅の体から、急速に熱が下がってゆく。

「姚襄が討たれた！」

「姚襄が討たれた！」

敵も味方も武器を振り上げた手を止め、秦にとっては吉報、羌族にとっては凶報を告げる波の中心へと顔を向ける。

その報の真偽にはかまわず、苻堅は間近の旗手から秦の旗を奪い、高く掲げて振り、大声で叫んだ。

「姚襄は討たれた！　降伏する者は武器を捨てよ！　大秦に降る者の命は取らぬ！」

羌族盟主の戦死の報は、降伏勧告に置き換わり、新たな波紋となって三原の戦場に行き渡る。あきらめずに戦おうとする者、武器を持った手をだらりと下げて、ふらふらと膝を折る者、無事な馬を駆って逃げ延びようとする者。

——文玉、あっち！——

翠鱗の導きによって、苻堅が姚襄の討たれた場所へ駆けつけると、羌族の兵士らがひと塊になっていた。姚襄の遺骸を守っているらしい。武器は下ろし、投降の意志は示していたものの、姚襄の首を差し出すつもりはないようであった。

翠鱗はこのとき、自身が箙の装飾に擬態していたことを忘れて、思わず首を伸ばした。苻堅の正面に立つ、冑の天辺《てっぺん》から乗馬靴のつま先まで血に染まった、満身創痍《そうい》の男に釘付けになってしまったのだ。この男が敵の総大将である姚襄かと、一瞬思った。会ったことのない相手に対して、なぜそう思ったのか翠鱗自身もわからなかったが、この羌族の将が、苻堅を包む光の暈によく似た、淡い微光を放っていたせいであろう。

姚襄はすでに討ち取られたことを思い出し、翠鱗は我に返って首を引っ込めた。羌兵の残党を包囲していた秦の将校が、苻堅が近づいてくるのを見て駆け寄ってきた。苻堅は顔見知りのその将校に問いかける。

「姚襄を討ち取った者は名乗り出よ」

埃と汗と血で汚れた将校は、ガラガラに嗄《か》れた声で応じる。

「それが、誰かわかりません。姚襄は落馬したところを我が軍の兵士の手にかかりましたが、その者は姚襄の首を取る前に、駆けつけてきた羌兵に討ち取られました」

羌の兵士らは、主君の首が秦の雑兵の手で落とされまいと、その遺体を守っているのだ。苻堅は羌兵の集団に近づき、翠鱗が目を奪われていた将に声をかけた。

「大秦の龍驤将軍、東海王の苻堅である」

苻堅の名乗りに、羌兵の将が進み出た。

「平北将軍姚襄の弟、姚萇《ようちょう》だ。字《あざな》は景茂《けいぼう》。東海王とは故丞相元才《げんさい》の嫡男か」

姚萇は最後に晋から任じられた将軍位で兄を指した。苻堅は久しぶりに耳にする父苻雄の字に、口元をゆるめた。

「父を知っておいでか」

姚萇は固い表情で小さくうなずいた。

姚兄弟は石氏に仕えたときはすでに二十歳であったはずで、冉閔《ぜんびん》の乱でも勇名を馳せ、秦とも何度か剣戟を交わしている。苻雄と交戦したことも一度や二度ではない。兄の威名に優《まさ》る名声を誇るわけではないが、堅実な用兵と度量の大きさで人望の厚い歴戦の青年を前に、甲冑と顔は埃と血糊《ちのり》で汚れているにもかかわらず、苻堅はそこが宮廷であるかのように優雅に会釈した。

「貴殿の名は耳にしている。先の我が軍との戦で、平北将軍が馬を失ったときに自分の馬を譲って戦い抜いたとか。景茂殿は真の壮士である」

埃と血糊で頑なな縦皺の刻まれた姚萇の眉間から、わずかながらも緊張の強張りが解けた。

姚萇は常に兄のそばにあってその影のように、半身のように戦ってきたとの評判であったから、この男が死なずにすんだのは僥倖《ぎょうこう》であったと苻堅は思った。

苻堅は馬を降りた。武器から放した手を上げ、掌を相手に向ける。戦わないという意志表示だ。姚萇は苻堅の敵意も侮蔑も含まぬ口調と仕草に、瞬きを返した。矢も尽き鉾も失って、刃こぼれのひどい直刀を握りしめた手を下におろしかけた。

そこへ、苻黄眉が親衛隊を率いて駆けつけた。血糊に染まった鉾を掲げて、羌兵らに突きつける。

「姚襄の弟が生き残っていたとはな。姚襄の首を挙げる機会を失ったのは惜しいが、代わりに貴様がここでその首を差し出すがいい」

武装を解除しかけていた羌兵たちに緊張が走る。姚萇は下ろしていた直刀をふたたび構えた。苻堅が早足で捕虜と従兄の間に割って入る。

「黄眉兄さん。もう戦は終わりました。かれらは降伏したのです。羌族の兵士らに人望のある景茂殿に、諸城を根城とする羌族に帰順を説いてもらえば、これ以上の損害を出さずに二万余の兵を服属させることができます。我々は羌族に借りがあるのですから、これ以上の対立と憎しみを繰り返すべきではありません」

「長生《ちょうせい》が敗残の敵将にそのような情を考慮するかな」

皇太后の弟の助命嘆願でさえ、首を懸けなくてはならなかった苻黄眉は、皇帝を尊称ではなく字で呼び、吐き捨てるように異を唱える。

苻黄眉の隊に少し遅れて、鄧羌も到着した。苻黄眉を説得する苻堅の含むところを悟った鄧羌は、悲痛な面持ちで姚萇の助命に同意をした。

「東海王が言う借りとは、丞相であった雷弱児《らいじゃくじ》のことか。あの一件に打つ手を見いだせなかったのは、おれも慚愧《ざんき》に堪えない」

羌族の有力な首長のひとりであった雷弱児の助命嘆願を誰がしたとしても、雷弱児とその一族を救うことはできず、嘆願をした者たちも連座させられていたことは確実ではあった。雷弱児の粛清がなければ、姚襄の檄《げき》に応じてこれほどの数の羌族が結集することはなかったかもしれない。両族の和解のためにも、これ以上の羌族名氏の血を引く人間を殺害してはならないと、苻堅は考え、鄧羌は同意していた。

苻黄眉は渋々と従弟と鄧羌の献策を受け入れた。羌族の服属を条件に、姚萇を始め全員の助命と、姚襄の遺体の保全と葬礼を皇帝に進言することを約束する。

姚萇は武器を捨て、兄の遺体を守らせていた囲みを解かせた。姚萇はさらに、もうひとつの条件を追加したいと願い出る。

「杏城には父の棺もある。兄といっしょに葬ることは叶うだろうか」

苻黄眉は「決めるのは皇帝ではあるが――」と年若い従弟に目配せをする。苻堅は微笑して従兄の言葉を引き継いだ。

「姚弋仲殿は、我が祖父の好敵手であられた。必ず平北将軍とともに埋葬されるよう、我々から皇帝陛下に進言しよう」

降伏してから終始、固く無表情であった姚萇は、ずっと固く噛みしめていたであろう顎をゆるめ、静かに息を吐いた。

鄧羌は苻堅とふたりになると、姚襄を生け捕りにできなかったことは残念だったと言った。戦場においては容赦のない狂戦士ぶりを発揮し、万人の敵と称される勇猛果敢な将ではあるが、鄧羌もまた好敵手の才能と命を惜しむ人間であった。

「姚襄も胡戎でありながら、学問に励み博識であったという。民にも慕われていたというから、東海王とは話が弾んだことだろうな」

苻堅は一度も言葉を交わす機会のなかった豪傑の遺体を前に、こうべを垂れた。苻健と苻雄、姚襄と姚萇のように、それぞれが互いを補い合う兄弟であったように、同祖かどうかはともかく容貌も言語も兄弟のようによく似た氐と羌もまた、対立することなく兄弟として支え合えば、戦う必要などなかったであろう。

姚襄の享年は二十七であったという。衆望の高さと才能の豊かさを思えば、若すぎる死であった。いつか大秦が天下を目指し、中原を統一するときには、有用な人材となったであろうに。

三原を埋め尽くす屍を振り返り、苻堅は惜しい人間が若くして戦場に散ることの虚しさを思った。

第十章　決起と弑逆

戦勝に沸く長安に戻ってから、翠鱗《すいりん》はぼんやりと過ごしがちだ。先の戦で虜《とりこ》となった姚萇《ようちょう》のことを考えてしまうのだ。苻堅《ふけん》が羌族《きょう》の集団を見つけたとき、翠鱗はその中のひとりが微光を帯びているのを見て、とても驚いた。

光に包まれた、あるいは光を放つ人間を目にしたのは、人界に下りてからふたりめである。一角《いっかく》によれば、光輝あるいは光輪を戴くのは、聖王の資質を持つ者の特徴だという。そして一角の知る限り、この光は霊獣にしか見えず、人間はもちろん妖獣の朱厭《しゅえん》の目にも映らないということだった。

翠鱗が自分自身を霊獣の幼体であり、苻堅を聖王の器と信じる根拠だ。

ただ、一角が見てきた劉淵《りゅうえん》と石勒《せきろく》の放つ光は、色も形状も同じではなかったという。

趙《ちょう》を興した石勒のそれは天を突く一条の白光であったが、匈奴《きょうど》人の漢祖となった劉淵の光輝は、北の空にゆらぐ赤光によく似ていたと話していた。どちらも、百里を離れたところからも、その存在を知るほど鮮明であったという。

苻堅の光輪は天に届くほどではない。それは資質の差であろうか、それとも可能性の差であろうか。近くにいればなにやらあたりが明るくなり、本人を前にすると、いわゆる仏像が背負っているような光背に照らされている感じだ。ああした仏像や神像を造った彫刻師は、後光を持つ人間を本当に見たことがあるのかもしれない。

だが、ここへ来て姚萇というやはり光に包まれた人間に出会って、翠鱗は混乱している。姚萇もやがて中原に覇を唱える聖王なのだろうか。ただ、戴く光輝は苻堅のそれほどはっきりとはしておらず、まぶしさもない。厚く凝《こご》った霧が人の息で揺れるように流動的で、ときに彩雲か水面に油を流したように虹色が加わる。

それから、劉淵には鳳凰の雛が守護獣としてついていたという話であったが、姚萇を見いだした戦場に、自分以外の霊獣がいた気配は感じなかった。

聖王や霊獣の存在と、それぞれが負う天命がどのように関わり合っているのか、翠鱗はますますわからなくなり、唐突に一角麒《いっかくき》に会いたくなった。どのくらい会ってないだろう。西王母《せいおうぼ》の玉山へ向かうために山を発ってから、何年が過ぎてしまったか数えてみようと前足の爪を立てたが、左右で六本の爪では足りるだろうか。

一角麒はいまごろ、翠鱗の旅がうまくいっているか、天命が成就したかと心配しているのではないか。翠鱗としては、次に一角麒に会うのは、天命を果たしてからで、そのときは空を翔《か》けて山を目指すのだと考えていた。一角麒もそう思って再会の日を楽しみにしているはずだ。人界ではとても慌ただしく時が流れていくが、山界ではゆっくりと時が過ぎる。ちょっと前に山麓で見かけた子どもが、次に参詣に訪れたときは赤ん坊のいるおとなになっていた、というのはよくあることだ。

気がつけば十年や二十年はあっという間に過ぎ去ってしまう。

だから、翠鱗が人界で消息を絶ってしまったことを、一角麒はそれほど心配していないはずだ。ただ、玉山まで辿り着かないまま、聖王の器と出会って守護についてしまったことを、一角麒はどう思うだろう。

このように、翠鱗の思いはとりとめもなく、華山のあたりの山々と、戦場の記憶、そして光輝を戴くもうひとりの人間と、あちらこちらへと行きつ戻りつして、論理的な思考を組み立てることができずにいた。天命を求める霊獣として玉山へ登り、知っておくべき手順や予備知識を西王母から聞いておかなかったのは、もしかしたら致命的な失敗だったかもしれない。

そのようにして、翠鱗は東海王府の屋根の上や、長安の街区が見下ろせるほど丈の高い木の枝にじっとうずくまっては考え込み、戦場でほぼ使い果たした霊力を回復させた。

そのように何日を過ごしたのか翠鱗は数えていなかったが、姚父子《おやこ》の葬送を終えたある日のこと、苻堅がこれまで以上に物憂げな表情で帰宅した。

「しばらく出仕と外出を控える。門を閉ざし、病と称して誰とも連絡はとらない」

ふわりと少年の姿をまとって、翠鱗は問いかけた。

「法兄さんとか、王猛《おうもう》とも？」

苻堅は重たげにうなずく。翠鱗はまた苻生《ふせい》が理不尽に暴走しているのかと、その原因を尋ねる。

「姚襄とかれのお父さんの葬式に、無礼があったの？」

翠鱗の考えでは、苻生の評価はかれが生まれ育った井戸の底よりも低くて暗い。それを知っている苻堅は、苦笑して首を横に振った。

「これ以上にないほど、丁重な葬儀だった。王と公の格でもって行われた。姚弋仲と姚襄は、敵ながらも格式ある葬儀で送られるに相応しい名将であったのは確かなのだけど、それだけに、陛下の逆鱗《げきりん》に触れて処刑された創建以来の重臣たちの最期に胸が痛むんだよ。そう考えるのは私だけじゃないようでね。しかも――」

苻堅は言葉を選びかねて言い淀《よど》む。

「陛下と黄眉兄の仲が険悪だ。姚襄の侵攻を挫《くじ》いた手柄を賞するどころか、朝議の場で黄眉《こうび》兄を罵倒する始末だ。降伏した姚萇を、黄眉兄が自分の一存で殺そうとしたことと、姚萇の助命を皇帝が許すことに懐疑的だったことを注進した者がいる。私や鄧《とう》羌《きょう》が漏らすはずがないのだから、軍議に加わった将校か、あの場に居合わせた護衛兵に、陛下の間諜《かんちょう》が潜んでいたのだろう」

自分の名を耳にすれば悪口だと決めつけ、身分や地位の上下に関係なく厳罰に処する苻生の傾向は、日増しにひどくなっていた。

すでに降伏した敵将の生殺与奪が、皇帝の苻生と現場の総大将であった苻黄眉の、どちらの権限に帰するかというのは微妙な問題であった。だがそれに加えて、苻生が姚萇の助命に否定的であろうという見解を黄眉が口にしたことは、不可侵たる皇帝の心中を臣下が勝手に忖度《そんたく》した、僭越で不敬な行為であると弾劾される隙を生んでしまった。

何でもないような忖度さえ、讒言の対象となってしまうのだ。

「黄眉兄は粛清されるかもしれない」

焦燥感に炙られるように吐き出す苻堅を、翠鱗は上目遣いに見上げて問い詰める。

「文玉《ぶんぎょく》はそれを黙って見ているの？」

近くの長椅子に腰をおろしかけていた苻堅は、不快げに顔を歪め、踵《かかと》で床を蹴るよ

うにして立ち上がった。

「どうしろというのだ！　黄眉兄は我々の世代では最年長の将軍で、陛下を諫めるこ

とのできる皇族はもう残っていない。ただ、黄眉兄は陛下とは仲がよくて、実弟の菁《せい》

兄が謀反の罪で粛清されたときも連座させられず一切不問にされたし、皇太后の弟を

助命嘆願したときも左遷ですんだ。だから長年の功績と友情によって、今回も赦《ゆる》され

るかもしれない。陛下も怒りがおさまり気分が落ち着けば、戦功を公正に評価してく

れるかもしれない。だから、我々は下手に動かない方がいい、のではと、思う」

語尾はかなり歯切れが悪かった。

群臣と皇族の誰もが、苻堅のように従兄弟同士の和解を願い、唾を呑む思いで見守

っていたのではないか。苻生が苻黄眉を粛清したときは、それこそ皇族すべてが苻生

に背を向け、その不徳を弾劾することになるだろうとさえ思い詰めて。

だが、兄弟以上に意気の相通じていた苻生と苻黄眉の、双方の気性の激しさがぶつ

かりあった時の敵意と憎しみは、あっという間に周囲を巻き込んで燃え広がった。

苻黄眉は激情に駆られて――というのは伝聞ではあるのだが――手勢をまとめて一

気に宮殿を制圧しようとした。しかし謀略は事前に漏れ、私兵を集結させたところを苻生の放った近衛隊《このえたい》によって一網打尽に討ち取られた。黄眉の家族はもとより、黄眉と親密なつながりのあった王侯廷臣は召喚と尋問を受け、加担を疑われた者は連座に処された。

幾日もかからずすべてが終わり、命を繋いだ者、刑場と獄に散った者たちの名を知った苻堅は、膝から崩れてうめき声を上げる。

「黄眉兄は嵌《は》められたんだ。戦後に戦功を無視して冷遇したのも、黄眉兄を追い詰めて反旗を翻させ、自分に不満を持つ廷臣を炙り出すためだった」

翠鱗は今回の沙汰について記述された書状を丹念に読み終えて、首をかしげた。

「でも、黄眉の弟たちは連座させられてないね。それに、他の従兄弟たちも無事だ。つまり、この反乱に加担した皇族はほとんどいなかったってこと？」

「これまで粛清されてきたのは元勲の老臣とその一族だった。黄眉兄に連座させられていたのも、古参の官吏や上の世代の皇族が主だな。目の上の瘤《こぶ》を徐々に潰していくのが陛下の狙いなら、黄眉兄が陥れられたのは順当だったのかもしれない」

生き残った皇族は二十代の将軍職と成人前後の若輩ばかりだ。帝位を脅かす目障りな兄弟や従兄弟であっても、苻生に対抗しうる強力な後ろ盾を持つ者はいない。戦場に送り出すための使い捨ての駒としては、まだ処分できないということだろうか。苻生には、まだ現状を認識し、墓穴を掘らない理性が残っている。

苻堅は下唇を噛んだ。

「軍功を挙げて国を護り、善政を施して人心を得れば、皇帝に憎まれて破滅させられ、かといって最善を尽くさねば国が滅ぶ」

手にした権力を弄ぶだけで、天子の責務を果たそうという意思が苻生にないことはもはや明らかだ。

人望と才能、そして実績が自分より優れている人間は排除していこうと苻生が心に定めているのならば、苻堅の命も長くはなさそうだ。いまこの瞬間も、すべての皇族がいかにして生き残るか、思案に思案を重ねていることだろう。

だが、皇帝の暗愚さのために、皇族が入り乱れて国を衰亡させた晋《しん》の八王の乱と異なり、苻生はとてもずる賢い。皇族をひとりひとり切り離し、追い詰めて取り除く狡《こう》猾《かっ》さを持ち合わせている。文字もろくに読めず、自らの意思も曖昧な、周囲の傀儡《かいらい》でしかなかった晋の恵帝《けいてい》と異なり、苻生には明確な目的と悪意を感じる。

「もしかして、秦を滅ぼしたいのだろうか。お祖父様が土台を築いたこの国を」

物心ついたころから、生まれつきの隻眼を揶揄され、粗暴な性格を憎まれて殺されかけたことは、祖父の創業を灰燼《かいじん》にしたいと思うほど憎む理由にはなるかもしれない。実際、伺候するたびに端で祖父と従兄のやりとりを見ていた苻堅にとって、祖父の苻生を貶《おとし》める言動は『なぜそこまで』と思わせるものがあった。

幼い時期の粗暴さそのものは、氐族《てい》の男子に生まれて恥じるほどのことではない。力の強さ、気性の激しさは猛将の素質でもある。そもそも激高しやすい苛烈な性格といえば、祖父が筆頭なのだ。ただ諸部族を率い、国を営む人材となるためには、心身をともに鍛えて力の加減と節度を学び、勇武の将となることを期待されている。

望んで隻眼に生まれついたわけでもないというのに、鍛えても学んでも、目がひとつ足りないというだけで、宗族の長に認められることがない鬱屈は、どれほどのものであろうか。

苻生が祖父に口答えしたために、笞で打たれた場に苻堅も居合わせた。皇族が奴隷のように笞で打たれるなど、耐えがたい屈辱だ。苻堅は祖父に取りなしたいと思ったが、長上に逆らうなど決して許されることではない。まして宗族の長たる祖父の決定に、嫡子の苻健《ふけん》でさえ口を出してはならなかった。

だが、苻生は侮辱にも笞にも、沈黙したりはしなかった。祖父の理不尽な揶揄に、相手を絶句させる正論を真っ向から叩きつける苻生の機知と勇気に、幼かった苻堅は内心では感服していた。

苻生の処遇に常々心を留めていた父の苻雄《ふゆう》は、この笞打ちの一件を聞き、苻堅を見舞いに遣わした。

この当時の二、三歳の年齢の違いは、体格の差がとても大きい。すでに声変わりを過ぎ、低い声で話す苻生は、苻堅の目にはおとなに映り、その言動も荒々しく正直に言って怖かった。ただ、どうして祖父の怒りを買うことがわかっているのに、敢えて逆らうのか、その理由が知りたかったこともあり、父の言いつけに従った。

見舞いの口上を告げたのち、父に託された書簡と薬を差し入れた苻堅は、まっすぐに苻生の目を見つめて訊ねた。

『祖父や親、長上の者に逆らうのは不孝なのではありませんか』

苻生は片方の目だけで、鼻の上から従弟を見下ろして答える。

『尊属だろうが目上だろうが、理不尽な蔑みに膝を折ってたまるか。気の利いた詩句や故事のひとつでも口にするだけで、誰からも褒められ、愛されるおまえには、不撓《ふとう》不屈《ふくつ》という言葉の意味は一生わからんだろうな』

そう言って、苻生は嘲るように笑った。もう片方のまぶたの、血の涙なら流れると反論して、自ら傷つけた刀創の痕が生々しい。

悲しげな瞳で見つめ返すだけで、言葉もなかった幼い従弟に、苻生は意地の悪い笑みを消した。

『おまえのように、たくさん書を読めたら、人一倍賢くもなれるのだろう。おれは一日にいくらも読めない』

幼かった苻堅には、その口調に含まれた響きも、面に浮かんだ表情も、どのような感情によるものかわからなかった。いまなら、あれは諦観と切なさではなかったかと思える。ただ、苻堅は同年の子どもよりは明敏であったから、片目ではすぐに目が疲れるため、長い時間は読めないのだろうと推測できた。それは弓矢の鍛錬で片目を瞑《つぶ》って照準を合わせるたびに、師範に叱られた経験から学んだことだ。

『石勒は文字が読めなかったそうですが、人に読み上げさせることで、大量の読書をこなしたといいます。私もひとりでは根気が続かず悩んでいます。もし、長生《ちょうせい》兄がよろしければ、私が音読するときに同席してくださいませんか』

無邪気な笑顔で従弟に提案され、意表を突かれた苻生は、口を半開きにして苦笑しかけた。だがすぐに、年下に気を遣われたことに気を悪くしたのか、顔を横に背けた。

『いや、そなたこそ忙しかろう。何人もの教師がついているそうだな』

実際のところ、苻堅の子ども時代は忙しかった。早朝の学問と鍛錬、祖父や父について宮廷に出仕し、帰宅すればさらに学問と鍛錬、息抜きに同じ邸に住む年の近い兄弟と遊び回る一日は、未明に目を開き、夜に床に入って口を閉じるまで、びっしりとやることがあったのだ。

あのときの苻生はまだ酒も覚えていなかったから、話し方も明瞭で突然怒り出すようなことはなかったな、と苻堅は記憶を掘り起こす。

見舞いを終え、自宅に帰った苻堅は、不撓不屈という言葉の意味を調べた。

どのような屈辱と理不尽にも、逆境にも、不運や不幸にも、決して精神を撓《たわ》められないこと、何があっても心が挫けないこと、絶対に膝を屈しないこと。

幼いころから容貌と才知に優れていた苻堅は、『あらゆる困難に打ち勝つ』努力をする必要がなかった。わざわざそうした経験を積んで不撓不屈の精神を養うには、現在の地位と暮らし、親の庇護を捨てて市井に埋もれるか、流民に紛れて野に生きるくらいしか思いつかなかった。

ただ、苻生とのかかわりから、あらゆることに恵まれた自分には、この世には想像することも理解することも難しい、理不尽な境遇に生まれあわせた人々の、痛みや苦しみが存在することを知った。

『おまえにはわからない』

少なくとも、差し伸べた手をそのような言葉で拒絶され、胸に刺さった痛みは、その後も長く尾を引いた。

苻堅は苻生と親しく交際をすることはなかった。気の合う庶長兄の苻法《ふほう》がいつも一緒であったし、彼自身に課された学問にかける時間は、他の従兄弟たちよりはるかに長かったからだ。ただ、父の苻雄が、苻生には武勇の気性が具わっているとして、期待をかけていたことは知っていたので、会うときは礼をもって相対し、他の従兄弟らと変わらない態度で接してきた。

苻生が祖父に嫌われていること、三男で帝位を継ぐとは思われていなかったこと、また隻眼といった先天的な肉体の欠損を、先祖の因果応報として忌む習俗のために、苻生を軽んじたりあからさまに侮る者がいたのは事実だ。

即位と同時に圧力と恐怖で群臣を抑えつけ、支配しようとした苻生の根幹には、そうした者たちへの恫喝《どうかつ》があったのではと苻堅は想像してしまうのだ。

「このごろは酒量が増え続け、素面《しらふ》でいる時間も少ないらしい。そのために近侍はいつ陛下の逆鱗に触れて死を賜るかと、怯えているともいう。理不尽に苦しめられて不撓不屈という生き方を選んだ人が、至尊の力を得たのちは、自分より弱い者たちに理不尽の咎を振りかざすようになるとは」

国の頂点に立ったいま、不撓不屈の精神で抗《あらが》い撥《は》ねのける相手がいなくなり、その闘魂を向けるべき方向を見失ってしまったのか。

「陛下に恨みはないが、このままでは共倒れしてしまう。たとえ大逆の誹《そし》りを受けるとしても、帝位を降りて戴くしかあるまい」

とはいえ、まだ二十三歳の苻生が譲位に応じることはあり得ないだろう。

苻生の治世が一年も経たないころから、年少期より交際があり薫陶を受けてきた老臣たちからは決起の打診を受けている。ただ、情報の漏洩《ろうえい》を怖れ、当たり障りのない会話で互いの意思を確認し合うだけで、具体的な計画は立てていない。苻生の言動が改められない以上、苻堅よりも年長で発言力のある皇族が排除されたいまが、そのときではないか。

皇族で全幅の信頼を置けるのは、兄の法だけである。弟たちを疑うことはしないが、蜂起に失敗すれば累が及び、一族が絶えてしまう。まだ幼い弟たちは巻き込めない。

苻堅は兄の法と対面で相談できればと心から思ったが、苻黄眉が粛清されて以来、廷臣や皇族がふたり以上で会食や会見しているだけで、謀議の疑いをかけられてしまう。

年齢と功績の順でいえば、苻生にとって将来の敵となりえる次の標的は、苻法と苻堅の兄弟だ。苻黄眉を追い詰めていった性急なやり方を思い返せば、苻生の衝動性は、多量飲酒のためであろう、以前に増して予測不可能になっている。悠長に計画を練っている時間はない。

「起《た》つときは同時に、そして正確に陛下のいる宮殿を襲撃しなくてはならない」

苻堅の決意に、翠鱗はうなずいた。

「法兄さんとの連絡はまかせて。隠遁の術もすごく上達したから、宮廷のようすも見てくる。決起の前には苻生を酩酊《めいてい》させておけば、急襲はうまくいくと思うよ」

苻堅の計画案を認《したた》めた手紙を、翠鱗は闇に紛れて苻法に届けた。

苻法は弟が翠鱗と名付けて密かに飼っていた蛟が、いきなり自邸に現れたことに驚いた。蛟の首に結び付けられた手紙が、間違いなく苻堅の筆跡であると知ると、苻法はたいそう喜び翠鱗の活躍を褒め称え、苻堅がそうしていたように角の間の額を撫で、肉片を用意させて褒美として与えた。

内容はまず、苻黄眉の謀略が事前に漏れた例に言及し、邸や朝廷では手練《てだ》れの間諜に監視されていると肝に銘じること。味方になりそうな群臣や皇族と連絡を取って、蜂起の相談や言質を予め取り付ける必要はないこと。

むしろそれぞれが抱える少数の私兵で、確実に苻生を捕らえてから未央宮を制圧し、譲位を迫りたいこと。

苻法の返信は、おおむね苻堅の案に賛成であった。苻黄眉の粛清で人心は完全に苻生から離れている。苻生の身柄さえ押さえて廃位してしまえば、朝臣らは自分たちに従うであろうという展望だ。

苻生が譲位に応じた場合、誰を次期皇帝に据えたらいいだろうかという苻堅の問いには、苻法は答えなかった。

ただ、決起の機会を窺おうにも、酒浸りの苻生が後宮から出てくることも滅多になく、王宮内部の状況がわからないのが難点であった。即位前に苻菁の襲撃が失敗したのは、苻生の所在を確認できずに王宮に乗り込み、暗殺が不発に終わったためだ。長安城内で動かせる兵数は多くはないので、苻菁と同じ轍《てつ》は踏みたくない。

翠鱗はさらに、苻生の日夜の動向と所在を観察するために、王宮にも連日で忍び込んだ。

大秦の王宮は新興国の若き皇帝のものとは思えないほど活気がなく、いまも葬式が続いているかのような重苦しさであった。後宮の女官や奴婢《ぬひ》も、衣擦《きぬず》れや足音を立てることも憚るように、私語も交わさず忍び足で行き交っている。

苻生は新しい皇后を立てておらず、寵姫《ちょうき》もいないらしい。翠鱗は妃妾《ひしょう》の宮室も天井の梁伝いにのぞいて回った。みな憂いに沈んだ表情で庭や絵画を眺めたり、楽器をけだるい動作で爪弾いたり、あるいは侍女と双六《すごろく》で遊んでいたりもするが、よい目の賽《さい》が出ても歓声や笑い声は上がらない。ただ時間を潰すために、賽子《さいころ》を振り、駒を動かしているかのようだ。皇帝の寵を得るための美肌や化粧、衣裳《いしょう》選びにいそしみ、皇太子を産むことを望んでいる妃妾はひとりもいない。

だが苻生の方も、特定の妃妾に愛情や執着があるわけではないらしく、昼間から手近の侍女を抱き寄せて飲み始め、夜の閨《ねや》を訪れる前に自室で酔い潰れて眠り込んでしまうことも多かった。日中の妃妾たちが、美容や教養を磨く努力に無関心なのも、仕方のないことのようだ。

翠鱗は毎日のように宮殿に忍び込んで、朝には苻堅の邸に戻って皇帝の素行を報告した。従兄の生活が想像以上に荒《すさ》んでいることを知って、苻堅は愕然《がくぜん》とする。

隻眼の不利を補うために、人一倍武術の鍛錬に励み、兵法書も読んでいた少年、桓《かん》温《おん》の北伐を撃退し大功を挙げたときの、意気軒昂《いきけんこう》とした誇り高い青年であった従兄の姿はもはやどこにもない。

その宵も、翠鱗は宮殿に忍び込んで苻生の動向を見張った。この数日、苻生の日常は同じことの繰り返しだ。

律儀に朝廷に出仕している苻堅は、長いこと苻生の姿を見ていない。苻生はもうずっと、朝議には滅多に出座しなくなっていたからだ。皇帝の御座は空席のまま、大臣たちが日々の政務を片付けていく。気まぐれに、それもごく稀に朝政の場に顔を出せば、かえって群臣を驚かせた。

赤く焼けて濁った皮膚の色は、従兄の心身は取り返しのつかないところまで、酒毒に蝕まれているのではと苻堅に思わせる。

皇帝の接見を求めて何日も長く待たされていた官吏は、このときとばかり朝堂に殺到するため、かえって混乱を生み全体の業務を滞らせる。

当の皇帝は酒に濁った瞳で隣国の侵略や掠奪の有無、旱魃や洪水の兆し、宮殿の造営に必要な資金や人手が確保されていることなどを聞き終え、緊急の事案がなければ、すぐに後宮へ戻ってしまう。

皇帝の決裁を必要とする書類は、執務室の机に積み上げられ、いつから手が着けられていないのか、いくつもの山ができている。それでも、宦官《かんがん》が上奏書を盆に詰めて後宮へ運び込み、朝には可決の盆が返されていくところを見ると、仕事をしていないわけではないらしい。

とはいうものの、上奏に返される筆跡は、署名以外は苻生のものではないというのも、すでに周知のことであった。

——弑殺《しいさつ》まではいかなくても、譲位を迫られても仕方のない堕落ぶりだ——

苻堅はそう自分に言い聞かせた。

一方、宮殿に忍び込んで苻生の動向に目を光らせる翠鱗は、ひとりの無軌道で酒乱の青年が至尊の座にあるという現実に、静かに混乱していた。

霊獣として成長するためには、中原に太平をもたらす聖王を護り導くことがかれの天命であると、翠鱗は一角に教えられた。だが、人間たちは自ら苻生のような暴君を戴き、恐怖のためとはいえ、唯々として理不尽な欲求や罰を受け入れているように見える。

殴られても打たれても、怒ったり抗ったりせず、下された命令を黙々とこなしている。確かに苻生は体も大きく力も強い。そしていつも武器を携えている。だけど、しょせんはたったひとりの人間ではないか。彼の横暴に耐えて働いている人間の数の方が、はるかに多い。陰で自分の不遇を嘆いたり、主君を罵ったり呪ったりしている人間たちが結束して苻生を囲み、家具や石でも投げ続ければ、簡単に勝負はつくのではないかと思う。とくにいまは酒で動きが鈍いし、眠っている時間も長い。

――人間って、わからない――

人間たちは、どうしてこうした君主を戴くことに疑問を持たないのだろう。理不尽な境遇から抜け出そうと、自らの意志と力で抗おうとしないのだろう。

そんなことをぐるぐると考えながら、翠鱗は苻生の居室を監視する。まだ日が沈むのもずいぶん先だというのに、苻生は酌女の腰をまさぐり帯を解こうと戯れていた。今夜も後宮へ行く予定はなさそうだ。

その夜は何人目かの女と戯れて一眠りしたあと、苻生はいつもほど酔ったようすもなく、醒《さ》めた目で天井画を見上げていた。その口が動いている。何事かつぶやいているようだ。翠鱗は鋭い聴覚でその言葉を聞き取った。

「阿法《あほう》の兄弟も信じられん。そろそろ取り除くべきだな――」

翠鱗は擬態の色が思わず抜けてしまいそうなほど焦り、心を落ち着けるのに数拍の間が必要だった。実際、怒りの赤や恐れの青がさざ波のように鱗の上を流れたかもしれない。翠鱗の下では、酌女が苻生に体を触らせながら、杯が干されるたびに酒を注いでゆく。

苻生が法・堅兄弟を排除する心を固めたことを、一刻も早く苻堅に報せなくてはならない。翠鱗はそろそろと後宮から脱出した。夜は更け、戸外を移動するにはちょうどいい。闇に溶けながら未央宮の門を出て、翠鱗はひと息つく。

少し迷ってから苻堅ではなく苻法の邸へと走った。なぜかしら苻堅は苻生に対して、冷酷になりきれない心情を抱えていることを、翠鱗は察していたからだ。苻生の排除に関しては、苻法の方がより迅速な対処に出てくれるだろう。

都の区郭《くかく》を仕切る塀や坊門の屋根を疾走する、細長い獣の影を目にした者は、ずいぶんと胴の長い猫がいるものだと不思議に思ったことだろう。しかも頭は細長く、額には二対の短い角と、頭部から脊梁に規則正しく二列に並ぶ突起と、角から肩まで風に靡く雲のような羽毛、あるいは鬣《たてがみ》。

ただ、高所でも怖れることのない身軽な動きと、一瞬で過ぎ去る影に、やはり変わった猫であったのだろうと、自らを納得させるしかなかった。

翠鱗が苻法の邸に忍び込んだとき、法はすでに床に入って眠っていた。

――こんなときに！　のんきにもほどがある！――

自分たちが粛清されようというときに、危機感がなさ過ぎると腹を立てつつも、蛟の姿では苻法に話しかけることができないことを思い出した。人間の姿を見せても、初対面では信じてもらえない。そこで知恵を絞った翠鱗は少年の姿を取り、霊力で光彩に色をつけてぼんやりとした光背に見せかけ、神か仏の遣いに見えるようにした。
苻法の寝台に近づき、隣で寝ている奥方を起こさぬよう、慎重に苻法の肩を揺する。

「阿法、起きて。起きなさい」

むにゃむにゃと口を動かして、苻法はあちら側へと寝返りを打つ。翠鱗は大きな寝台に身を乗り上げて、苻法の体を自分の方へ転がそうと試みた。力を込めて寝返らせたことで、苻法は眠りの淵から浮かび上がり、うっすらと目を開けた。

翠鱗はここぞとばかりに光彩を揺らめかせ、厳かに話しかけた。

「汝《なんじ》の門に災禍の集う日が来たり。先にこれを悟り手を打てば禍《わざわい》を免れる」

半眼の苻法の記憶に残るよう、その胸に掌を押し当てて、心話の念を送り込みつつ、翠鱗は同じお告げを繰り返す。

苻法の体がびくりとし、瞬きをしてもぞりと体を動かす。翠鱗は変化を解いて、寝台の下に潜り込んだ。あたかも、神か仏の使いが空中にかき消えたかのように、苻法の目には映ったことだろう。

苻法は肘を立ててあたりを見回した。荒い呼吸を落ち着かせてから、耳を押さえ、掌で頭を摑んで揉《も》む。胸に手を当てたときに、覚醒を促す霊気を流し込んだので動悸《どうき》が上がり、汗もかいたことだろう。ビリビリとした刺激にすぐに意識が明確になり、行動に移せるはずだ。

苻法は床を飛び出し、近侍らを呼んで武装するよう命じた。

翠鱗は苻法が動き出したところまで見届け、苻堅の邸へ帰った。

苻堅はまだ起きていた。油灯に油を足して、机に古い書物を広げて読んでいた。翠鱗はその書の上に四足で飛び乗った。苻堅は少しのけぞったものの、驚きの声は上げなかった。

「大変だ！　法のお兄さんと文玉の命、明日か明後日《あさって》かってくらい、差し迫っているよ。法兄さんにはもう報せた！」

開口一番で翠鱗の口から飛び出した言葉はそれだったが、苻堅はすべてを理解した。もはや猶予はならないと、即座に立ち上がり、廊下に出て衛兵らに武器を取っての集結を呼びかける。

東海王府の門が開くなり、甲冑に身を包んだ騎兵と歩兵が次々に駆け出した。深夜の都を宮城へと疾駆する。翠鱗もふたたび屋根に駆け上がり、塀や民家の屋根を跳び越えて苻堅のあとを追った。

龍驤将軍として長安の城内で動かせるのは麾下の二百余りだ。他の皇族や群臣を巻き込まずに、一気に片をつけるのに、充分な数とは言えない。

未央宮の門はすでに開いていた。苻堅を迎えたのは皇帝の側近を務める侍中《じちゅう》の呂婆《りょば》楼《ろう》であった。左大将軍でもある自身の手勢も百を集めている。軍師かつ顧問として王猛を推薦したことのある呂婆楼は、目立った活動こそしてこなかったが、苻堅が決起したときは即座に呼応できるよう、備えていたらしい。憂国の士は互いの心と時を知るものかと、苻堅はいたく感動した。

苻堅が雲龍門《うんりゅうもん》で兄と合流したとき、苻法の左右には、苻生に粛清された皇后ゆかりの梁氏《りょうし》と皇太后の縁者である強氏《きょうし》の壮士たちが集合していた。

王宮になだれ込んだ法・堅の四百近い壮士らは、闇の中からわらわらと湧いてきたように見えたこともあり、宮殿を護る兵士らを恐懼《きょうく》させた。侵入者に立ち向かう士気ははじめからなく、かろうじて武器を取った者も、苻堅らの打ち鳴らす軍鼓の勢いに、迷いなく投降を選んだ。

まして武器を持たない奴婢や女官、宦官らにははじめから抵抗の意思はない。

「苻生はどこだ？」

と敬称も尊称も使わず皇帝を呼ばわる苻堅や将兵らの怒号に、みな同じ方向を指差して皇帝の居場所を教えた。

苻堅たちが皇帝の居室に足を踏み入れたとき、衛兵はおらず苻生は熟睡していた。室内には侍婢《じひ》と宦官がひとりずつ控えているだけであった。

部屋から一切の武器を取り除かせて、苻堅は宦官に皇帝を起こすように命じた。宦官は怯えながらも苻生の肩を揺すり、目を覚ますように懇願する。

苻生は欠伸をしながら目を覚まし、命じられもしないのに玉体に触れて起こそうとした宦官を叱り飛ばそうとした。宦官はすでに二間は後ずさって叩頭《こうとう》しており、苻生の手が届くところには答も剣もなかった。ふいに、張り詰めた室内の空気を悟り、いぶかしげにあたりを見回す。自分の護衛兵ではない武装した将兵に囲まれていることにようやく気づいた。

うっそりと起き上がってあぐらをかき、額を床につけたままの宦官に「誰だこいつらは」と訊ねる。宦官は震え上がって答えられず、横にいた侍婢に同じ質問を繰り返した。こちらも怯えて要領の得ない音を口からこぼすだけだ。苻生は苛立ち、闖入者らに向かって罵った。

「おまえたちは誰を前にしていると思っている。拝せぬか！」

苻堅は一歩前に出た。皇帝ではなく年上の相手に対する拝礼をしてから、静かに話しかけた。

「長生兄、私の顔が見分けられないほど、泥酔しておいでですか」

将兵らは無遠慮に失笑を漏らしたが、苻生は聞こえなかったかのように、濁った目で甲冑姿の従弟を見上げた。

「文玉。おまえか」

視線を横の苻法に移して「阿法もか」と低い声でつぶやく。

「おまえたちは、ふたりでひとりだな。父と叔父のようだ」

予期していた暴言ではない、抑揚のない淡々とした苻生の口調。声音にも表情にも、怒りや哀しみ、あるいは妬みなどは読み取れないのに、胸を突かれるような諦観が滲んでいた。

激怒して大暴れするものと身構えていた苻法と壮士らは、意外な静けさに戸惑って視線を交わす。

「長生兄にも、弟たちがいるではありませんか」

苻堅の応答に、苻生はふんと鼻を鳴らしただけで、何も言わなかった。杯を拾い上げ、かたわらの侍婢に突き出す。侍婢が酒を注ごうと捧げ持った瓶子を無言でひったくり、杯を放り出して瓶子に口をつけ、直接飲み干した。

「もっと持ってこい」

怒気を含んだ声で命じられて、侍婢はまろびながら居室を出て行った。

「で、おまえらは大逆の罪を犯しに、ここへ踏み込んできたのか」

「いえ。長生兄には位を退いていただきます」

苻堅は落ち着いて、扉近くに控えていた呂婆楼に目配せをした。呂婆楼は両手に重たげな漆塗りの木箱を捧げ持っていた。玉璽《ぎょくじ》を保管している箱だ。

「場所を変えましょう。こちらへ」

苻堅配下の将兵らが苻生を連行しようと近づく。

「触れるな！　まだ退位していない」

体に手をかけられる寸前に放った、落雷にも似た苻生の叱責に、みなの動きが止まった。暴れ出して手が着けられなくなるのでは、と誰もが武器に手をかけて身構える。文字通り一騎当千の勇猛さを誇る苻生に、たとえ素手でも死に物狂いで戦われたら、こちらに死者を出しかねない。

室内に敵意と緊張がみなぎったが、苻生はのっそりと立ち上がっただけであった。

苻法が前に出て、最低限の敬意でもって退室を促す。

「では、ご自分で移動してください」

呂婆楼が先導し、左右を苻堅と苻法に挟まれて、苻生は官吏の使う執務室のひとつに導かれた。そこで廃されて越王《えつおう》に降格される。

玉璽を手放した苻生は、ふんと音を立てて笑った。苻法とともに乗り込んできた朝臣の梁平老《りょうへいろう》が、毒酒と杯を載せた盆を捧げ持って進み出た。

苻堅がためらう気配を見せると、梁平老が「ご決断を」と迫る。苻生はふたたび鼻を鳴らして笑うのが聞こえた。

「二年か。もった方ではないか」

「天の利と人の道に則《のっと》って天下を治めるつもりがなかったのなら、どうして立太子のときに辞退しなかったのですか」

諸侯の渇望する至尊の座に就いて、なぜわざわざ国と己を荒廃させる道を突き進むのかと、苻堅はかすかな苛立ちを隠しかねて問い詰める。

「父に『おまえがやれ』と言われれば、やらざるをえんだろう。それに、誰にも嘲られないためには、一番高いところに登らねばならなかった。それだけだ」

「長生兄を嘲る者など、おりません――」

自分の言葉の虚しさに、苻堅の語尾から力が抜ける。祖父が苻生の目をからかったのは一度や二度ではなかった。また、因果応報を説く狂信者が苻生の不徳を目に関連づけて非難したこともあった。この二年、目の病気だけではなく、一般的な身体の不自由や欠損、誰でも持っているような傷痕を表現する語彙ですら、苻生の怒りと処罰を怖れて、文字や言葉に出すことが憚られてきたのだ。

苻生が勇武の頭角を現すようになってから、その剛直さを怖れ敬いこそすれ、嘲る者はいなかったはずなのに、かれの耳には祖父の揶揄や罵倒がいつまでもこびりついて、脳内に響き続けてきたのだろうか。

——『長ずれば必ず我が一族を滅ぼす。ただちに殺してしまえ』——

まさか祖父の予言を実現させようとしたとでも言うのか。

「祖父にも実母にも嫌われたことのないおまえには、わからん」

ぼそりと言い返されて、苻堅は胃の裏を焼いた針で突かれたような、かすかな怒りを覚えた。

強《きょう》皇太后が憂憤で世を去ったときも、服喪中に酒宴を張っていたという噂は本当だったのか。皇太后が三男の苻生よりも八男の苻柳《ふりゅう》を皇太子に推挙したことを、ずっと根に持っていたというのか。外叔父を残酷な方法で処刑したのは、母に対する恨みを晴らすためであったと？

万乗の位についてまで、駄々っ子のように肉親への恨みを引きずり、国と民衆を巻き添えにするなど、許されることではない。

「ええ、私にはわかりません。長生兄の気持ちをわかるために、自分の目を潰すこともできませんし、お祖父様に逆らったり、母を蔑《ないがし》ろにすることも考えられませんでした。ですが、長生兄のことはずっと不撓不屈の、努力と勇武の傑人であると、尊敬してきました」

「ふん」

苻生は毒酒を入れた瓶子をひったくると、栓を抜いて一気に飲み干した。

「足りん。もっと持ってこい！」

梁平老は眉を動かすこともせず、配下を促して酒を運ばせた。すでに致死量の毒は飲んでいるのだ。あとは命が尽きるまで、好きなだけ酒を飲ませてやればいい。

苻堅はかつて精悍で勇壮であった従兄の、酒毒と遊惰で変わり果てた現在の姿から、目を逸らしそうになるのを堪える。

この従兄の精神は、いつから壊れ始めていたのだろう。誰によって撓められ、枉《ま》げられてきたのだろう。きっかけは祖父の執拗《しつよう》な揶揄と、従兄の人格と存在を全面的に否定し、拒絶する暴言であったことは間違いない。だが、生まれつきの不足を補い、周囲を見返すことに固執した、彼自身の気質と激情もまた、その心身の内側から精神と臓腑《ぞうふ》を食い荒らしてきたのではないか。

苻生は酒を飲み続けた。空にした瓶子の数が二桁に及び、次の瓶子に手を伸ばしたときだった。ごふっとおぞましい音とともに、苻生は酒と血を噴水のように吐いて倒れた。

死の瞬間まで酩酊していなくてはならないほど、苻生の人生には思い出したくもないことしかなかったのだろうか。

呼吸をやめた苻生のそばにしゃがみ込み、脈を取って死亡を確認したのは侍中の呂婆楼であった。

「越王は薨去《こうきょ》なさいました」

居合わせた者たちは、一斉に安堵の息を吐いた。

享年二十三。自ら作り出した激流の中で、溺れ死ぬような生き様であった。

この一部始終を天井から見届けた翠鱗は、苻堅がまた一歩、聖王への道を進んだことを確信した。

第十一章　大秦天王

ただでさえ、都は蒸すような暑気で不快であるのに、苻堅はひっきりなしに訪れる客と、かれらが異口同音に唱える懇願にうんざりしていた。

ひとりきりなるために書斎へ逃げ込むと、そこでは水盤に浸《つ》かって涼を取っていた蛟《みずち》の翠鱗《すいりん》が、客人と同じ説教を始める。

「だから、みんな文玉《ぶんぎょく》に君主になって欲しいんだよ。どうして遠慮するの？」

ここでも、苻堅はうんざりした顔と投げやりな口調で同じ返答を繰り返した。

「順序というのがある。私は次男で、今回の功労者は長男の法兄さんだ。学問でも武門でも、兄さんが私より劣っているところなどないのだから、年長の法兄さんが皇帝になるのが道理というものだろう？」

頭を冷やすために、自分も水浴をしようと中庭に盥《たらい》を出すように苻堅が命じているところへ、苻法《ふほう》が訪問してきた。いまは避けたい相手の筆頭である。

「兄さん。例の件なら、私の考えは変わりませんよ」

「おお、例の件なら、おれの意見も変わらんぞ」

大秦の君主の座はしばらく空位が続いていた。

形式上、苻生《ふせい》の死は皇帝の位を退いたのちであったが、それは実行犯が大逆を免れるための形式に過ぎず、その退位は強制で死は強要されたものであることは、誰の目にも明らかだ。民衆と群臣が君主の交代を熱望していたとしても、簒奪の事実は記録として残される。

数ある皇族の成人男子の中でも、人望が抜きん出ているのが苻法と苻堅の兄弟であることは、朝臣らも皇族も認めるところであった。双方ともまだ二十歳を過ぎたばかりとはいえ、実績も年齢も満たしている。

苻堅の生母苟《こう》氏が自身の一族に働きかけ、蜂起のときにともに立ち上がった重臣たちの根回しもあり、朝廷の大勢は苻堅を次期君主に推すことに賛同している。

だからといって、世論をすべて味方につけたわけではない。苻生の弟たちは自分たちにこそ継承権があると考えているであろうし、どれほど昏虐《こんぎゃく》の君主であったとしても、これを弑した者は大罪を犯した大悪人と誹る者は必ずいる。

次期皇帝に内定している者が幾度か固辞し、百官が一堂に参列して即位を乞う茶番劇を幾度か経る必要はあるのだが、それ以上に法と堅の兄弟は互いに帝位を譲り合って時間を無駄にしている。

苻堅は長子が家督を継ぐ者だと主張して止まず、苻法は側室腹の自分は相続の資格を持たないと言い張る。これも即位にともなう形式上の茶番と受け取っていた群臣は、延々と譲り合っている兄弟にしびれを切らしつつあった。いつまでも天子の座を空位にしておくわけにはいかない。

「兄さんの方が人望も厚いですし、私よりも決断力がある。儒教的な長子相続と、諸胡の重んじる実力主義の両方を満たしています」

苻堅はいたって真面目な面持ちで言い張る。苻法は天井を仰ぎ、拳で自分のこめかみを揉んで大きなため息をついた。

「堅は形式にこだわり過ぎている。おれの立場も考えてくれ。というか、おれの母の立場だな」

「楊《よう》夫人の立場でしたら、国母になれるのならば、女性にとってこれ以上の誉れはないでしょう？」

苻法は再び嘆息する。

「おまえは賢いし、博識だが、いまひとつ人の心を察する想像力に欠けるところがあるな」

苻堅は口を閉ざす。苻生に言われた『おまえにはわからん』という言葉が、耳に蘇ったからだ。

「おれの母は、苟王太妃《こうおうたいひ》の侍女だったんだぞ。ただでさえ身分の低い母が、主人よりも先に男子を挙げて肩身が狭くなっている上に、王太妃を差し置いて国母になるなんて、針の筵以外のなにものでもない。おまえは自分の母親の面目を潰すつもりか」

「あ、そうか」

苻堅は指を口に当てて、思慮の足りなさを自覚する。苻法の母の楊氏は、当時の東海王苻雄《ふゆう》の長男を産んだにもかかわらず、父の女館では常に苟氏を立てて、ひっそりと目立たぬように暮らしてきた。気の強い野心家ではなく、必要以上に正妃の苟氏に気を遣っているような女性だ。

本人の実力以上に、母方の後ろ盾は即位後の権威に影響する。苻堅は実母の苟氏を狭量で嫉妬深い女性だと思ったことはなかったが、敬愛する兄が、父の正妃に選ばれた女性の一族の反感を買うことは望ましくない。それに、伴侶を早くに亡くしてしまった母が、下位の側室に皇太后の地位を掠め取られては気の毒ではあった。

さらに、苻堅は、自分の正妃も母の一族から娶《めと》っていた。

賢明な苻法であれば、正妃であり嫡母でもある苟氏を皇太后に立て、生母にはそれなりの位を授ける配慮はするであろう。しかし苻堅の即位を阻んだとして、弟の後ろ盾である苟一門を敵に回してしまうことは避けられない。

「わかりました。全方向に顔を向けて配慮する必要があるのですね。私が即位して丸く収まるのならそうします。そう思うとその配慮ができる兄さんこそ、主君に相応しい気がします」

「わかってくれたか」

苻法は見るからにほっとして、屈託のない笑顔を見せた。

それから、即位に伴うもろもろの手続きを記された書類や下書きなどを出して、苻堅に差し出した。ぱらぱらと目を通し、眉を曇らせる。

「長生兄《ちょうせい》の諡号《しごう》ですが、『厲王《れい》』というのはあんまりではありませんか」

厲王は千二百年も前の西周の第十代王で、朝政を腐敗させ、国を衰退させた暗愚な暴君に捧げられた諡号だ。以来、暴虐な君主の代名詞ともなっている。が、実際に諡号として贈られた前例は、晋《しん》の皇族であった司馬乂《しばがい》だけのはずだ。当然ながら、廟号《びょうごう》もない。

「皇帝の位は降りたのだから、王号のみで問題ないだろう？」

苻法はさらりと言ってのけて立ち上がった。即位に同意した弟に、ようやく即位式の準備を始められると喜び、弾むような足取りで苻堅の邸を出て行った。

書斎が静かになったとたん、書棚からひらりと翠鱗が飛び降り、苻堅の肩に乗った。

「やった！　ついに文玉が天子になった！」

これで自分の天命は果たされたのかと、翠鱗は尻尾を立てて喜びを表す。

「まだ、即位していない」

苻堅は憮然《ぶぜん》として言い返すと、卓上に残された、即位に関連する書類を整理して広げた。苻生の業績を綴った国書の下書きを見つけて手に取ったものの、これでもかと並べ立てられた従兄の残虐性と異常性を示す暴政と悪行に、半分も読み終えることができず、巻物を放り出した。

「諡号だけでは足りず、ここまで死者を貶める必要があるのか」

従兄は確かに理不尽で横暴で、残酷でさらに酒乱ではあったが、裏取りのされていない不品行や罪過まで、ぎっしりと書き込まれていたことに、不快さを禁じ得ない。

「どうして？　苻生は悪い皇帝だったんだろう？　いなくなれば、この国はよくなるから、文玉と法のお兄さんは立ち上がったし、悪い暴君をやっつけてくれたふたりを、みんなが褒めてくれている」

「長生兄が、やる気のない皇帝だったのは確かだが、残虐嗜好《しこう》の狂人であったかのように書かれるのはどうかと思う。妊婦の腹を割いて胎児を抉り取った話など、長生兄の在世中に聞いたことはない。ここに書いてあるように、宴会のたびに気に障った王公朝臣を手当たり次第に殺していたら、大秦の朝廷人の数は、現在の半分しかいない計算になってしまう」

苻生の行った粛清は呵責《かしやく》ないものであった。しかしその一方で、直近の家族まで連座させられた皇族は、実際に謀反を起こした者だけだ。苻生の弟たちも従兄弟たちも、直接関わっていない者は連座どころか降格もされていない。祖父の早世した長兄の遺児であった苻菁《ふせい》と苻黄眉《ふこうび》は、苻生の殺害と自立を図ったが、その弟たちは健在である。

苻生の立太子に反対し、溺愛していた八男の苻柳《ふりゆう》を皇太子に推薦した強《きよう》皇太后との確執は、その実弟が処刑されたことからも根深いものであったようだ。だが、皇太后の気に入りだった苻柳は、その後も排除の対象とはなっていない。

苻生は排除していく皇族や群臣については、彼自身の明確な指標と線引きがあったのではないかと、苻堅は推察する。

「でも、結局は文玉と法兄さんを排除しようとしたんだから、そのうちひとりずつみんな殺していくつもりだったんだと思うよ。酒の毒が回ってしまって、体も悪くなっていたみたいだから、急いで道連れにしようとしたのかもしれない」

苻堅は黙り込んで目を逸らした。

いつか苻生に殺されるであろうという予感は常にあった。こちらから先手を打たなければ自分も苻法も、弟たちも草を引くようにみな殺されていたことだろう。こうなることは、おそらくはじめから決まっていたのだから、そのために弑逆と簒奪の汚名を被《かぶ》ることになろうと、傾きかけた大秦を立て直すためにも、自ら至尊の地位につくべきなのだ。

「文玉って、意外と優柔不断なんだね。というか、人の目を気にする」

苻堅は軽い驚きに目を瞠った。かれの身分と地位にあると、欠点を指摘されることがほぼないのだが、翠鱗は感じたこと、思ったことはすぐに口にする。他人にそのような指摘をされれば不快でしかないものだが、相手が人外であるせいか、抵抗なく耳を傾けてしまう。

「そうだな。そういうところはある。儒学なぞ学んでいると、漢人の説く倫理と、諸胡の信じる道理との隔たりというか、ずれの大きさに戸惑う。正義はひとつではないが、結論はひとつにまとめなくてはならない。史書などに目を通すことのない胡人の豪族や首長は、世論や後世の評価など露ほども気に懸けないが、為政者として中原に立つならば、その出自に関わりなく、他者の目や評価を気にしないわけにはいくまい」

翠鱗は不可解そうに、その翡翠のように半透明の目を見開いた。磨き抜かれた玉石を思わせる瞳には、人間は人間という、ひとつの種として見えているのであろうから、民族や部族といった違いは、ささいなことに思えてしまうのだろう。

「まあでも、国史については、別に急ぐことはないでしょう？　王猛《おうもう》に相談してからでいいよ。文玉が頭を使うのは、国をよくすることなんだから。どの民族も安心して暮らせる、太平の世の中をつくることだから」

苻堅がそのような世を作り出せば、翠鱗は天地を自由に行き来する成龍になれる。天空を自在に翔る自分の姿を思い描き、翠鱗はうっとりと微笑んだ。

永興《えいこう》元年四月下旬（太陽暦三五七年六月上旬）。

苻堅は百官の懇請を受けて大秦天王に即位した。

暗雲がすべて吹き払われたかのような夏の陽射《ひざ》しの下、長安では恩賜の酒食が振る舞われ、国を挙げての祝賀に沸いていた。

未明から始まり、何日もかけて行われる大極前殿の儀式と、そこに居並ぶ百官と千を超える群僚の衣裳は、無数の花が咲き乱れているという天圃《てんぽ》の花園を想像させる。

翠鱗は大極前殿の壮大な屋根に登り、大棟に腹ばいになって、儀式の進行を見物していた。

苻堅は大秦の頂点に立ったが、守護獣である自分の霊格が上がったという実感はない。一角の言っていた『霊気が満ちる』という感覚がどういうものなのか、想像もつかないまま燕尾《えんび》に反り返った大棟の端まで移動し、棟飾りの鰲魚《ごうぎょ》に対面する。

この龍頭魚身の面妖な生き物が本当に存在するのか、翠鱗は知らない。頭と顔が自分とよく似た龍形であるし、体は鱗に覆われているのだから、龍の眷属と推測できる。

言い伝えでは、鰲魚とは龍から生まれて、龍になれなかった九種のひとつとされている。

自分も天命を果たせず成龍になれなければ、このように火除《ひよ》けや風除けの守護獣として、雨ざらしの屋根に据えられてしまうのだろうか。

翠鱗は鰲魚の横を通り過ぎ、反り上がった大棟の端に後脚で立ち上がった。丹田に集めた霊力を全身に巡らせる。爪の先まで霊力が行き渡ったのを感じたとき、弾みをつけて飛び立った。

ふわありと風に乗ったものの、自分の意思で方向や高さを制御することはできない。白楓《しろかえで》の羽根つき種子のように、ひらひら、くるくると風に舞いながら漂い、衝撃もなく着地できたのは、それなりに蓄えてきた霊力によるものであったか。

神獣への道は、まだまだ遠い。

——皇帝じゃなくて、天王だし。大秦は四方を精強な国に囲まれて、やっと立て直しが始まったばかりだし。苻堅の覇業は、これから始まるのかな。中原を統一して初めて、ぼくの天命も果たされるのかもしれない——

何か異様なものが空から落ちてきたと騒ぐ、人間の興奮した声が集まってくる。翠鱗は急いで人間の少年に変化し、宮殿で働く一小姓のようにすまし顔で、走り去って行く官吏たちの横をやり過ごした。

——石勒《せきろく》が皇帝位に就いたのは華北を統一したときだった。三十年くらいかかったって一角麒《いっかくき》は言ってた。大秦はまだ、華北の半分も領有してはいない。文玉が皇帝ではなく天王を称したのは、大秦をもっと大きくして、華北だけでなく中華を統一して兼愛無私の国を創ってこそ、皇帝を称せるんだという決意からなんだろう。ぼくと文玉はまだ五年。焦らない。焦ることはないんだ――

翠鱗は大極殿の前広場まで歩いて行った。

艶やかな黄色い絹糸で四龍の刺繍が施された大袖の袞衣《こんえ》をまとい、十二旒《りゅう》の冕冠《べんかん》を被った苻堅が、長い石段の高みに立って即位を宣言する。百官の拝礼を受ける苻堅の、威風堂々とした姿を遠くから見上げて、翠鱗は満足げに微笑んだ。

（下巻に続く）

前燕と前秦の勢力拡大(357年)

本書は文庫書下ろし作品です。

|著者| 篠原悠希　島根県松江市出身。ニュージーランド在住。神田外語学院卒業。2013年「天涯の果て　波濤の彼方をゆく翼」で第4回野性時代フロンティア文学賞を受賞。同作を改題・改稿した『天涯の楽土』で小説家デビュー。中華ファンタジー「金椛国春秋」シリーズ（全12巻）が人気を博す。著書には他に「親王殿下のパティシエール」シリーズ『マッサゲタイの戦女王』『狩猟家族』などがある。

霊獣紀《れいじゅうき》　蛟龍《こうりゅう》の書《しょ》(上)
篠原悠希《しのはらゆうき》

講談社文庫
定価はカバーに
表示してあります

2023年1月17日第1刷発行

KODANSHA

発行者──鈴木章一
発行所──株式会社　講談社
東京都文京区音羽2-12-21　〒112-8001
電話　出版（03）5395-3510
　　　販売（03）5395-5817
　　　業務（03）5395-3615
Printed in Japan

デザイン─菊地信義
本文データ制作─講談社デジタル製作
印刷───凸版印刷株式会社
製本───株式会社国宝社

ISBN978-4-06-529822-0

講談社文庫刊行の辞

二十一世紀の到来を目睫に望みながら、われわれはいま、人類史上かつて例を見ない巨大な転換期をむかえようとしている。

世界も、日本も、激動の予兆に対する期待とおののきを内に蔵して、未知の時代に歩み入ろうとしている。このときにあたり、創業の人野間清治の「ナショナル・エデュケイター」への志を現代に甦らせようと意図して、われわれはここに古今の文芸作品はいうまでもなく、ひろく人文・社会・自然の諸科学から東西の名著を網羅する、新しい綜合文庫の発刊を決意した。

激動の転換期はまた断絶の時代である。われわれは戦後二十五年間の出版文化のありかたへの深い反省をこめて、この断絶の時代にあえて人間的な持続を求めようとする。いたずらに浮薄な商業主義のあだ花を追い求めることなく、長期にわたって良書に生命をあたえようとつとめるところにしか、今後の出版文化の真の繁栄はあり得ないと信じるからである。

同時にわれわれはこの綜合文庫の刊行を通じて、人文・社会・自然の諸科学が、結局人間の学にほかならないことを立証しようと願っている。かつて知識とは、「汝自身を知る」ことにつきていた。現代社会の瑣末な情報の氾濫のなかから、力強い知識の源泉を掘り起し、技術文明のただなかに、生きた人間の姿を復活させること。それこそわれわれの切なる希求である。

われわれは権威に盲従せず、俗流に媚びることなく、渾然一体となって日本の「草の根」をかたちづくる若く新しい世代の人々に、心をこめてこの新しい綜合文庫をおくり届けたい。それは知識の泉であるとともに感受性のふるさとであり、もっとも有機的に組織され、社会に開かれた万人のための大学をめざしている。大方の支援と協力を衷心より切望してやまない。

一九七一年七月

野間省一

講談社文庫 最新刊

上田秀人 ほか
どうした、家康
人質から天下をとる多くの分かれ道。大河ドラマを観ながら楽しむ歴史短編アンソロジー。

潮谷験
時空犯
探偵の元に舞い込んだ奇妙な依頼。千回近くループする二〇一八年六月一日の謎を解け。

夕木春央
絞《こう》首《しゅ》商《しょう》會《かい》
分厚い世界に緻密なロジック。メフィスト賞受賞、気鋭ミステリ作家の鮮烈デビュー作。

横山光輝
山岡荘八・原作
漫画版 徳川家康 1
徳川幕府二百六十余年の礎を築いた家康の波乱の生涯。山岡荘八原作小説の漫画版、開幕！

輪渡颯介
祟《たた》り神
〈怪談飯屋古狸〉
怖い話が集まる一膳飯屋古狸。人一倍怖がりの虎太《とらた》が凶悪な蝦《が》蟇蛙《まがえる》の吉《きち》の正体を明かす⁉

講談社タイガ

野﨑まど
タイタン
AIの発達で人類は労働を卒業した、はずだった。もしかすると人類最後のお仕事小説。